ラルーナ文庫

沼の竜宮城で、海皇様がお待ちかね

綺月 陣

三交社

CONTENTS

Illustration

小山田あみ

沼の竜宮城で、
海皇様がお待ちかね

本作品はフィクションです。
実際の人物・団体・事件などにはいっさい関係ありません。

足を踏みだすたび、スニーカーの下でパキパキッと小枝が折れる。

もう一歩進んだら、いきなり地面がグジュッ……と沈んだ。

「うわっ！」

慌てて飛びのくが、もう遅い。堆積《たいせき》した落ち葉が泥状になっているちょうどそこへ、みごとに左足を突っこんでしまった。

「やっちゃったよ……」

あ〜あ……と来人《らいと》はため息をつき、ローカットのスニーカーの内側まで入りこんだ汚泥《おでい》を、足を振って払い落とした。すると背中のデイパックが振り子のように大きく揺れ、勢い余って膝《ひざ》からズブッと……バランスを崩して両手もベチャッと、手首まで。ついでに顔からメガネが外れ、ボトッと泥に落下した。

「……最悪だ」

四つん這《ば》いのまま、来人はガクリと項垂《うなだ》れた。

水上《みなかみ》来人は、小さな不動産会社勤務の二十四歳だ。

東京都心の一等地を売買するなら当社にお任せくださいと胸を張れない理由は、来人の勤める「日和不動産《ひより》」は埼玉県の西武球場駅から徒歩圏内という、便利か不便かよくわからない中途半端な場所にあるからだ。

周辺は球場以外にも中規模の遊園地や公立自然公園があり、神社や寺院も多いため、レジャー目的の乗降客は一定数いる。だがレジャー施設以外に、多摩湖《たま》と狭山湖《さやま》という大きな湖を抱えているため、土地面積に対して定住者人口は少なめだ。

勤務先まで自転車で五分の社員用賃貸「日和レイクサイド・マンション」にひとり暮らしという生活環境を、「湖畔で自転車通勤って、フランス映画みたいですね」と無邪気に憧《あこが》れる客がたまにいるが、そういう客には「昼間ではなく、日が暮れてからお越しください」とお願いしたい。

なぜなら、夕方にもなれば、窓の外は真っ暗なブラックホールと化すからだ。

多摩湖と狭山湖は、体を持っていかれそうなほど……もっといえば存在そのものを消されそうなほど果てしない闇《やみ》に包まれており、日和レイクサイド・マンション在住歴二年の来人でも、いまだに夜には恐怖を感じる。窓の外を見つめているだけで底なし沼に沈んでいくような不安定な感覚は、深夜でも明るい都心で暮らす人間にはピンとこないかもしれないが。

こんな場所で不動産会社の看板を出していて、利益はあるのかと問われてしまうと少し困るが、都会よりも田舎を好み、忙しさを嫌い、ゆったりした時間の流れを愛し、贅沢《ぜいたく》や豪遊にも興味がなく、質素で平和に暮らせたらじゅうぶん満足な来人には適材適所だ……と、本気で語れば語るほど友人が減っていく地味な環境説明は、これくらいにして。

来人個人について、少しだけ説明しよう。見た目は、標準的な中肉中背より若干細め。ただ、容姿はさほど悪くはないという自覚はある。あるというだけで、自慢するほどのものではないから、しない。そもそも自慢する相手も友人もいないし、そういう相手を特に必要としていない。

根っからのインドア派のため、休日はほとんど外出せず、家でプラモデルか、モバイルで漫画を読んだりゲームをしたりして過ごすのが常だ。どうせ外に出ても、自分の生活とは無縁の野球場か遊園地か国立公園か湖しかないから、手元だけを見て休日を終えるという視野の狭さは、比喩《ひゆ》ではなく現実である。来人にはベターな生活だ。べつに不平も不満もない。

就職と同時に実家を出たから、同居者はいない。彼女もいない。いない歴は、年齢と同数。取り柄をひとつ挙げるとしたら、中学、高校、大学、そして社会人二年目の現在、無遅刻記録を更新中というところか。

くどいようだが、べつに自慢するほどのことではない。……とはいっても、地道によく頑張っていると自分では思う。そう、視野は狭いが、卑屈ではないと思っている。自分のできる範囲でいいと、さほど広くない来人のキャパシティを許してくれる両親のおかげで、人並みの自己肯定感覚は育っている。要するに、身の丈ほどほど……ということだ。

そんなアクティブやチャレンジとは対極にある来人が、縁もゆかりもない「三重県伊勢市」の「山の中」を、泥にまみれながら彷徨《さまよ》っている理由は、ひと言でいうなら現地調査だ。

伊勢市といえば伊勢神宮で有名だが、わざわざ埼玉から、神宮参拝に訪れたわけではない。単に「日和不動産」に相談依頼が舞い込んだからだ。

「先月、親父《おやじ》が亡くなってね。行きもしない三重県の田舎の山を相続させられて、困っているんだ。一日も早く売り飛ばすか、有効活用する手はないか?」という、よくある遺産処分の相談ごとだ。

来人の上司・剛胆で恰幅《かっぷく》のいい山岡《やまおか》社長と、社長の姪《めい》の秘書兼事務・ヒマさえあれば漫画を描いている美和《みわ》さんと、来月四十歳の頼れる先輩・爽《さわ》やかナイスガイの角崎《つのざき》さんと、そして来人の計四人という弱小会社だから、基本的に、どんな依頼でもウェルカムだ。

ただし、その物件が実在するのか、価値はあるのか、周辺環境はどうかなど、実際に現地調査をしてから請け負うのは、不動産業界の鉄則だ。でなきゃリスクが大きすぎる。

だが日和不動産に入社後、来人が個人で担当した仕事といえば、自社が管理するマンションや戸建ての賃貸契約に、空き家の取り壊しや建て替えの仲介および立ち会い程度。今回のように山まるごとという、大きな不動産を扱った経験は一度もない。

それが一体どういう神様のいたずらか、山の依頼人・山田《やまだ》さんが来社した日の午前、いつもいるはずの美和さんが、「家の水道管が破裂した」とかで、たまたま半休を取っていた。そのうえ春の引っ越しシーズンで、山岡社長も角崎さんも大忙し。会社にいたのは来人ひとりだったのだ。

社長も先輩社員も不在であれば、自分が商談の席に座るしかない。とりあえず来人は名刺を渡し、あとで社長か角崎さんに回せばいいや……と軽い気持ちで受注書を作成したのだが、山田さんは来人を「担当」と決めつけ、一日も早く手放したいから、明日にでも現地調査に行ってくれと、無理な要求を強いてきたのだった。

困惑の末に山岡社長に相談してみれば、「それならお前が責任を持ってやり遂げろ。入社二年目なら、このくらいの仕事はひとりでやれるぞ。一泊二日で行ってこい」と丸投げされたというわけだ。

正直、責任の重すぎる仕事は気が進まない。金額の大きすぎる業務も、ひとりで扱う勇気がない。それよりなにより現場が三重県となれば、いつものように湖畔を自転車でチョロチョロ往復しているようにはいかない。つまり、面倒くさい。

難しい仕事は疲れる。新しいことを始めるエネルギーが勿体《もったい》ない。テンプレの繰り返しなら、大きな失敗をすることもない。だから、テンプレから外れる業務は尻込《しりご》みする。

「対象不動産近隣の会社を紹介してあげたほうが、絶対いいと思います」と、なんとして

もこの件の担当から外れたい来人は、自分にしては珍しく目に力を込めて社長に訴えたのだが、

「なに言ってやがる。依頼人は埼玉県民だぜ？　こっちでやりとりするほうが、楽に決まってるだろうが」

と、これぞまさしく不動産会社のオヤジ的な濁声《だみごえ》で、一蹴《いっしゅう》されてしまった。

「じゃあ、その……僕だけでは荷が重いので、角崎先輩も一緒に」

「バカヤロウ！　ツノひとりで、どれだけの物件を抱えていると思ってるんだ！　十件だぞ、十件！　このクソ忙しい時期に、三重県くんだりまで飛ばせるわけねーだろ！」

「……ツノさんはダメでも、僕は飛ばしていいわけですか、そうですか、そうですよね、ツノさんはひとりで五人分の仕事をこなしますもんね。僕なんて車の免許も持ってないから、徒歩圏内のお客様しかご案内もできなくて、いまだに半人前ですもんね。自転車しか運転できないって、不動産会社の社員として失格ですよね……ははははは」

「たりめーだ！　荷が重いというふざけたセリフは、運転免許を取ってから言えッ！」

……訂正も、してもらえなかった。

そのうえ山岡社長には、「万が一にもショッピングモールを誘致できそうな土地だったら、ヨソに譲るのは勿体ねーだろ。うまく処分を持ちかけて安く買い叩《たた》いて、高値で転売すりゃ儲《もう》けはデカい」という、不動産転がしならではのギャンブラー的思惑もあるようで。

「……というわけで、僕が東海道新幹線と近鉄電車を乗り継いで、はるばる東京からやってきたわけだけど……」

インドア人間なだけに、陽気な春の日差しを浴びただけで体力を消耗する。

それでも来人は課せられた使命を果たすべく、気の進まない社会科見学に強制参加させられる小学生のような気持ちで、やや寂れた感のある駅で降りたわけだ。

そして慣れないバスを乗り継ぎ、該当物件の麓《ふもと》に辿《たど》りつき、標高にして四百に少し足りない「小山」程度の物件の内地調査に赴くべく、木々が生い茂る中を歩き回ったというわけだ。

歩いても歩いても、森の中。人の声は一切しない。誰《だれ》かが歩いた形跡もない。たいした高さじゃないからと、舐《な》めてかかった自分が甘かった。そして疲労のピークに達したタイミングで、手足とメガネを泥に突っこんじゃいましたというのが、一連の流れである。

アスファルトですら一時間も歩けば疲れるのに、慣れない山ではもっと疲れる。枝やら蔦《つた》やら雑草やら、腐葉土と化した濡《ぬ》れ落ち葉やらに、足どころかエネルギーを吸い取られているこの場所は、伊勢の外宮《げくう》からバスに乗って、降りて、しばらく歩いた先にある、奥深い山の中……というところまでは理解している。

問題は、どちらが北で、どちらが南で、どこへ向かえば、入山場所に戻れるかだ。

リュックを背負い、モバイル片手にグーグルマップをチェックしつつ、車道から林道に入ったところまでは、よかった。そこまでは至ってスムーズだった。

そのあとだ。いきなり圏外表示になったのは。通話を試みても、通じない。メールもラインも届かない。

そこでひとまず引き返し、土地勘のある地元住民に案内を頼むなり、日を改めるなりすればよかったのだ。それなのに、一分でも早く仕事を済ませて帰りたいという気持ちが勝り、安全策を練るより先に、足が前へ進んでしまった。

先月から手がけている熊本城のプラモデルが気になりすぎて、早く石垣部分を塗装したいとか、ジオラマ用の小物も買って帰らなきゃとか、他のことに気を取られ、判断力が鈍っていたのかもしれない。

そのうち通じるだろうと軽く考え、モバイルをマウンテンパーカーのポケットに押し込み、ハイキング気分で進んでしまった自分の落ち度だ。

気持ちも足取りも重さを増し、ついに行く手を阻まれた。

『地図で見たところ、たいして標高があるわけじゃねぇな。山ってぇより丘だ、丘。景観も、この付近と変わらねぇだろ。だったら、たいしたことねぇよ。ハイキングのつもりで行ってこい』と、山岡社長は笑っていたが。

「ハイキングなんていう軽い言葉を、鵜《う》呑《の》みにするんじゃなかった」

いまなら社長に自信を持って反論できる。ハイキングではなく、開拓ですよと。丘ではなく、山でしたよと。高さはなくてもジャングルですよ。猿や猪《いのしし》や熊に突撃されてもおかしくないほど、鬱蒼《うっそう》と木々が茂っていますよ。結論としては、山登りの素人には到底無理な任務です、と。

それも単独行動だ。あまりにも危険。迷ったらそこで終了だ。脱出口を捜したくとも、もはや疲労はＭＡＸで、判断力も欠如して、二十四にして迷子で………。

「迷、子……？」

来人はゴクリと息を呑《の》んだ。

リアルな言葉を発したとたん、ゾワゾワッと悪寒が走る。

「そうか。僕、迷子なんだ……」

迷子といえば三歳のとき、池袋《いけぶくろ》の水族館に展示されていた海の動物たちの模型に夢中になっているうちに両親を見失ってしまい、館内放送されたことがある。そのあと四歳の夏にも、海で親とはぐれたか。記憶が遙《はる》か遠すぎて、これが迷子という状況だと納得するまでに、少しばかり時間を要した。

「山の中にも、インフォメーション・カウンターがあればいいのに」

いい大人が迷子になるわけがないという理由なき自信は、モバイルのナビゲート機能によって確立されたものだったのだ。その頼みの綱のモバイルは、電波をキャッチできなければ、ただの照明。来人の手元を弱々しく照らしこそすれ、人里への誘導能力はない。

来人はメガネを拾い、付着した泥を指で拭《ぬぐ》って装着した。逃げ場を求めて空を仰げば、来人を取り囲む樹木は、来人が暮らす三階建てマンションに匹敵する高さだ。びっしりと葉が茂り、視界を濃い色で遮っていて、果てしない高さと遠さに目眩《めまい》がした。

一カ所だけ、枝と枝の間から空が覗《のぞ》いている。間違いなく外へ続いているという、ただそれだけで安堵《あんど》する。全力で叫べば、人里まで届くのではないかと、無駄な期待を抱きそうになる。

だが、そこから見える空に浮かぶスモーキーピンクの飛行機雲が、「そろそろ日が暮れるよ。早く脱出しないと、今夜はそこで野宿だよ」とカウントダウンして、急《せ》きたてているようでもある。

カーゴパンツのポケットからスマホを取りだしてディスプレイに目を凝らせば、時刻はまだ午後四時すぎ。それでも山奥の森の中は、感覚的には夜に近い。植物が多すぎて、太陽光が届かないせいだ。

じつは今回、懐中電灯を持参しなかった。まず、山がこれほど暗いと思わなかったし、スマホがあるから大丈夫と、疑問すら抱かなかった。スマホを明かり代わりにしているモバイル世代の落ち度だと、いまさら気づいても遅すぎる。

それでも照明は必要だ。ひとまずスマホを操作して、画面の明るさを最大にしたとき。

ぽつっ――――と、ディスプレイに水滴が落ちた。

「え……っ」

まさか、雨？

だって、さっき飛行機雲が見えたよな？　晴れていたよな？

来人は空を振り仰いだ。十秒ほど前に目にしたはずの飛行機雲の断片は、どこにもない。繁《しげ》る葉の隙間《すきま》に見える空は、さっきとは比較にもならないほど低く、雨雲が垂れ込めている。

バタバタッと音がした。繁る葉が水に叩かれている。

「マジ……？」

だんだん音数が増えてくる。来人が着ているマウンテンパーカーの肩口でも、ポツポツと雨粒が弾《はじ》けている。メガネのレンズにも飛沫《しずく》が跳ねる。

「やばい、本降りだ」

これはさすがに、ピンチかもしれない。

「ビジネスホテルのチェックイン、十八時だっけ。間に合うかな。場所がいまいち定《さだ》かじゃないから、下山したら、バスじゃなくてタクシーを拾ったほうが早いな。いや、そもそもこんな田舎道をタクシーが通るのか？」

わざと声を出して落ちつこうと試みたが、逆効果。気ばかり焦る。

来人は周囲に目を凝らし、耳を澄ませた。頭上を覆う枝葉、垂れ下がる蔦。雨が降ることで対流が生じ、腰まで生えた雑草がザワッと一度大きく揺れる。お前がいま立っている場所は、人類未踏の地だよ……と、山全体がクスクス笑っているようにも感じられる。

「未踏の地なんて、大袈裟《おおげさ》だよ」

雑草相手に文句を飛ばしながら、来人は背中のデイパックに手を回し、小型の斧《おの》……キャンピング用のアックスをサイドポケットから引き抜いた。角崎さんが、「万が一のために持っていけ」と貸してくれたのだ。雑草を踏み倒しながら歩くより、叩き切るほうが楽だよというアドバイスは正しかった。さすがは頼れる先輩・角崎さんだ。

行く手を遮る枝や蔦を、来人は真っ赤な柄のアックスで払い落としながら前進した。そう、とにかく動かなければ。出口が向こうからやってくるはずないのだから。

野鳥でも鳴いていれば、気が紛れるのに。雨を恐れてどこかへ逃げたか。虫の声すら聞こえない。まさか熊や猪が、来人に飛びかかろうとして息を潜めているのか？　不安の大きさに比例して、独り言がますます大きくなる。

「やっぱりツノさんにも来てもらえばよかった。周辺の交通の便と立地、現地と、その周辺の写真撮影、まずはその程度でいいよって言われて、わかりました、それだけなら、ひとりで大丈夫です～なんて強がった自分がバカだった」

従順すぎた自分を呪《のろ》いながら、アックスを握り直しては前進する。あたりに響くのは、バサッ、バサッと草を刈る音だけ。雨と焦りで手が滑る。

「あー、帰りたい。メシ食いたい。シャワー浴びたい。腹へった～」

思いつくかぎりの文句を吐きだしながら、来人は腕を振り上げた。

アックスの重量に任せて、枝に向かって勢いよく振り下ろした――次の瞬間！

「あっ！」

しまった――と思ったときには、もうアックスは手から遠く離れていた。

くるくると華麗に回転しながら宙を飛び、ポチャン……と。

「ポチャン……？」

音が聞こえた方角にモバイルを向け、眇《すが》め見たとたん、顎《あご》が外れた。

一難去ってまた一難！　と叫びかけ、いや違う、と訂正した。難は一度も去っていないぞ。来る難拒まずの勢いで、怒濤《どとう》の難が襲いかかってきているぞ！

「どうしてこんなところに、池があるんだっ！」

大きくはない。直径五メートルほどの、いわば大きすぎる水たまりか。

雑草に足を取られないよう慎重に前進し、陸と水の境目はどこだ……と右足を前に伸ばして探っていたら、なにか固いものの間に爪先《つまさき》を押しこんでしまった。

その足元に視線を凝らせば、左右にふたつの丸い影……大きめの石だ。小さな岩ともいえるが。

「伊勢名物の、夫婦岩《めおといわ》に似てるな」

うんしょっと足を抜いたら、靴裏に、白いヒラヒラした紙がくっついてきた。

「なんだこれ」

つまんで取り除き、スマホの光を当てたそれは、割《わ》り箸《ばし》の袋によく似ていた。千切らないよう中ほどまで破って捻《ひね》り破って捻り……の、この感じは、注連《しめ》飾《かざ》りの紙垂《しで》に酷似している。それを細い藁縄《わらなわ》に挟み込み、夫婦岩もどきに結びつけてあったものを、来人が踏んでしまったと思われる。

「まさかとは思うけど、この石、もしかして……祠《ほこら》？」

祠だとしても、確認は不可能。なぜならすでに来人が土まみれのスニーカーで踏みつけたため、千切れ、汚れ、修復できない。そもそも原型が不明だから、直しようがない。

「祠だったら、マズくないか……？」

日和不動産では、物件の取引の際には必ず地鎮祭の手配をする。注連縄や注連飾りを、土地にぐるりと張り巡らせるアレだ。神主のお祓《はら》いが始まると、その土地から悪い気が取り払われたような感覚を実際に抱くこともあるから、神仏に対しては敏感なほうだ。

その祠に飾られる注連飾りを、あろうことか踏みつけて破壊したと思うだけで、罰当たりすぎて心臓が縮む。だからやっぱり箸袋ということにしておこう。そう、これは、ただのゴミだ。

「ゴミが落ちてるってことは、誰かがここで弁当を食ったたってことだよな。てことは、このあたりまで人が入山している証拠で、もしかしたら、いまも誰かが、ここを通る可能性も……」

ザワッ……と木々が大きく揺れた。笑われた？　……わけがない。

気をとり直してデイパックを背から降ろし、大きいほうの石に腰かけ、探偵のように解説を続ける。

「それに箸袋は、僕が踏んだ部分以外は白く、まだ新しい。よって、つい最近……もしかしたら今日の昼にでも誰かがここで弁当を食べたと推察できる。ということは、たぶん釣り人だ。そう、おそらくこの池は、地元でも穴場の釣り堀で……」

『……ど〜こが釣り堀じゃ〜』

ん？　と来人は周囲を見回した。

いま、おどろおどろしい声が聞こえたような……。

直後、ズゥン……と振動を感じた。沼の中央に丸い水紋が生じ、ものの数秒で端まで広がり、消えた。次いで再びズゥン……と地響きがして、新しい水紋が水面を走る。

「ドルビーサウンド……」

『うまいこと言うたな、人間』

「そう？」

『祠、壊してくれてありがとな。おかげで水から出られそうや。言うても山全体に結界が張られとるで、可動範囲は水の上空までに限られるけど』

「はぁ」

相槌《あいづち》を返したのは、余裕があるからではない。どちらかといえば、恐怖ゆえの混乱もしくは錯乱に近い。

「……いましゃべったのは、池？」

『池がしゃべるわけないやん』

「……じゃあ、沼？　もしくは、泉？」

『湧《わ》き水と違うで、泉はナシやな……て、ちゃうちゃう、そういう意味とちゃうて。池にも沼にも泉にも、口あらへんやんか。口がなかったら、しゃべれへんやろ～て、そういう意味で言うたんやに』

「そう……だね。だな、うん……、はい。おっしゃるとおり……です」

怪奇現象の度が過ぎて、耳慣れないイントネーションに突っこみを入れる余裕もない。気づけば、膝がガクガク震えている。

水紋が次々に発生し、表面には大きな波が立ち、次第に渦を巻きはじめる。これ一体どういう現象？　だって、池もしくは沼だとしても、波や渦が生じるのはおかしいよね？　異常だよね？　と懸命に対象物に問いかけるが、答えはない。

「えっと……、じゃ、じゃあ、池や沼でもないなら、なんだろう。まさか、海？」

『池ていうのは一般的に人工が多いで、近いのは沼かなぁ……て、そやで、そういうこと と違うて、何遍《なんべん》言うたらわかるんさ、も〜っ！』

刹那《せつな》、ぞわわわわわわわ！　と全身に鳥肌が立った。

「だ、誰だーっ！」

誰かいるならありがたい。でも、本当にいたら心臓が止まる。なぜなら、シューティングゲームの素早さで周囲を凝視しても、どこにも人がいないから！

目の前の、沼だか海だかよくわからない巨大な水たまりだけが、生き物のように波打ち、沸騰したかのようにブクブク泡立ち、暴れだしているだけだから！

「うわわわわわわわわ――っ！」

驚きすぎて腰が抜け、石から転げ落ちた。そんな来人の目の前で、水がグググーッと持ちあがる。二メートル、いや、三メートル！　首長竜のように一本の太い水柱になったそれが、上空で大きく捻《ねじ》れたかと思いきや、ブンッと勢いよくスピンして、激しい水しぶきを森に放つ。

だが、飛び散った大粒の水滴たちは、木々や葉にぶつかることなく宙で止まった。

時空が止まったと、来人は感じた。

それほど静かな光景だった。

音もなく、風もない。もしかしたら自分も、息をしていない……？

無の世界に入りこんだように錯覚したのは、一瞬のこと。やがて大粒の水滴たちが宙に浮いたまま回転し、ミラーボールのようにキラキラと七色に輝きだした。

気づけば来人は地面に尻餅《しりもち》をつき、ぽかんと口を開け、光の中心にいる彼を見あげていた。

そう————彼。

眩《まぶ》しい光を放射状に放った美青年が、沼の中央に出現したのだ。

首の太さや肩幅、胸幅、祈りのポーズの指や手つきなど、その骨格から判断して、男性だとの察しはつくから、三人称は「彼」で正解だと思う。

その凛々《りり》しく神々しい彼が、光る水柱を背景に、七色の水滴を周囲に散らし、天女の羽《は》衣《ごろも》と金魚の鰭《ひれ》をコラボさせたような、真珠色の衣装をまとって登場したのだ。

「浮い、てる……？」

場に馴染《なじ》まないという意味ではない。文字どおり、宙に浮いているのだ。

正確には、立っている。衣装が長いため、足の先がどうなっているのかは確認できないが、そこに岩などの足場がないのであれば、水の上に直立しているのは間違いない。

水面まで届く、パールホワイトの長髪から覗く優雅な扇の形をしたものは、耳……ではなく鰓《えら》のようだ。ということは、人類ではなく魚類に属するのだろうか。

美しく開いた鰓の先々を飾り、艶《つや》のある光沢を放っているのは、きっと真珠。閉じた目の、長いまつげの先端にも、小さな真珠が幾粒も連なっている。

そういえば三重県の伊勢湾あたりは真珠の養殖が盛んだったか……と、非現実的な状況に於《お》いては、どぉ――――でもいい情報が記憶の隙間からとろりと溶けだし、綺麗《きれい》だなぁ～などとぼんやり観賞しているこの状況は、明らかに現実逃避だ。

そう、自分はいま現実から逃げている。山の狸《たぬき》か狐《きつね》が化けていると笑い飛ばすには、目の前の彼はあまりにも神々しくて、来人はいま、この世のものとは思えない美に直面し、頭の中が真っ白だった。

手の甲の半分ほどを覆っている細かな鱗《うろこ》は、彼自身が放つ光を反射して、淡い虹色に輝いている。和服のように重なる衿《えり》から覗く胸元も、鱗がほんのり発光し、見ているだけで夢心地。まさしく最高級の真珠であり、恐怖にも勝る美。

その美青年が瞼《まぶた》を開いた。シュッ……と空《くう》を切り裂く音が聞こえたと勘違いするほど、シャープな形にドキッとする。魚類ならば魚眼だろうという想像は、まったく違った。どこから見ても人間の目だ。それも、値がつけられないほど高価なブルートパーズにも似て……と、無意識に金額査定してしまう俗物的な感覚が悲しい。

数回瞬《まばた》きした彼が、コーラルピンク色の唇を開いた。

「おお。なんと美しき若者か」

先ほどまでの方言調ではない雅《みやび》な言葉使いにつられ、つい敬語で返してしまう。

「あ……あなた様の神々しさには及びません」

「神々しいのは当たり前やに。言うても俺、神様やもん」

はい？　と目を丸くして顔を突きだす来人に構わず、自称・神様が目を細めた。笑うと意外に人懐っこい顔になる。

「人間、目ェでっかいなぁ。見事な魚眼っぷりやな。金目鯛《きんめだい》に似とるて、よぉ言われるやろ？」

「チワワの目をした柴犬って言われることはありますけど、金目鯛は初めてです……じゃなくて、遠視用レンズだから、大きく見えるだけかと思われます」

そうなん？　と訊《き》かれたから、黙って首を縦に振った。まぁええわ、と勝手に話を片づけた自称・神様が軽くひとつ咳払《せきばら》いし、姿勢を正して来人を眇め見る。

「そこの美しい金目鯛に問う。其方《そなた》が探しているのは、こちらの斧か？」

優雅な仕草で見せられたのは、きらきら光る金の斧。来人は首を横に振った。

「金目鯛じゃなくて人間です。そんな豪華な斧じゃなくて、普通のです」

言うと、自称・神様は頷《うなず》くでも肩を落とすでもなく、そのままっすぐトプッと潜り、再びザパァッと浮上した。

「では、チワワの目をした柴犬に問う。其方の斧は、この銀の斧か？」

再び訊かれ、犬も斧も違いますと返したら、またまたトプっと。そしてザパァッと。

三度目に現れた神様が、「では、この地味で錆《さ》びついたボロボロの、クソの役にも立たない斧か？」と、ちょっとイラついた口調で訊いてきた。いいえ、と今度も来人は馬鹿正直に否定して、身振り手振りで説明した。

「そこまで年期は入っていなくて、量販店にずらっと並んでいるタイプで、持ち手のところがプラスチックで、庭の植木や枝を折るにも適した、コンパクトサイズの……」

と、一生懸命説明しているのに！

「あーもう！　どれでもええやんッ！」

いきなり神様がブチ切れた。

ことのほか短気だった神様が、優美な衣装の裾《すそ》をガバッとめくって持ちあげた。そしてザバザバと水しぶきを立てて来人の前まで突進してきたかと思いきや、夫婦岩もどきの大きいほうにドンッと片足……足？　魚の尾ではなく、わりと筋肉質な男の人の足……を置いて片袖をまくりあげたかと思うと、べらんめぇ口調で啖呵《たんか》を切った。

「海皇神《かいおうしん》をこき使うのは、百年早いんじゃ！　このアホンダラッ！」

「か、かいおう、しん……？」

「なんや人間、海の神様知らんの？　ポセイドンて聞いたことない？　あれを日本語で言うと、海皇神なんさ。ギリシャ神話とか読んだことない？」

「読んだことはありますけど、こんな場所で海皇神とか言われましても……。それにギリシャ神話なのに純和風……」

「伊勢で腰布は、おかしいやろ？　言葉も衣装もＴＰＯに合わせるのが礼儀やに」

「はぁ……」

来人は神様を見あげ、「で、どちらに海皇神が？」と問いかけた。目の前の美形が自分の胸板をバンバン叩き、「ここやん、ここ！」と目を剝《む》いて主張するが、いまひとつ信用できない。

自分の居場所に不安が過《よ》ぎり、きょろきょろと周囲を確認するが、どう見ても森だし、山の中だ。自分が尻餅をついているのも湿った腐葉土混じりの土の上であって、砂浜ではない。

どんなに鼻の穴を膨らませても、潮の香りは微塵《みじん》もしない。もちろん山を下って何キロか先へ行けば、伊勢湾に辿りつけるとは思うが、どちらかというと、木々に囲まれた狭山湖や多摩湖の濃厚な湿度……うちの山岡社長は、マイナスイオンで肌も心も潤う環境だというセールストークを展開して、ファミリー層のマンション購入に繫《つな》げている……を思い起こす。

どこかにテレビカメラが仕込んであって、来人を笑いものにして視聴率を……稼げるわけがないから、それはあり得ない。

ということは、やはりこれは、現実？

えっと……と来人はメガネの位置を直してピントを合わせながら、低姿勢で確認した。

「海の神様って、こんな小さな沼も守備範囲なんですか？」

「当たり前やん。地球上の海洋すべて、世界中の水あるところ、ぜんぶ海皇神の守備範囲やに？」

と、海皇神が親指で自身の胸を得意げに指し、ペロッと舌を出してみせた。

土地に神様が宿るという感覚は、不動産業に携わる人間なら誰しも持っているだろう。家を建てる際に地鎮祭を行うのも、その信心や畏《おそ》れの表れだ。

地鎮祭とは、その土地神様に対して、「いまからこの土地に建築物を造ります」と事前に許しを得、工事の安全を祈願する祭典だ。無信仰の依頼人でも、地鎮祭では熱心に両手を合わせる姿がよく見られる。

日本人は信仰心が希薄といわれるが、八百万《やおよろず》といって、じつは土地や石、木や川や空や風など、あらゆる存在に神仏の存在を見たり感じたりする人は少なくない。来人自身もそうだ。とくに神社仏閣のプラモデルは、完成後、「なにか」が宿ったと感じることがままある。

だから、置き場がないからといって完成作品を処分しようものなら、「罰当たり」的な天罰が下ると本気で信じている。たとえば取引がキャンセルになったり、お客様から怒鳴られたりすると、「あのプラモデルを粗末に扱ったせいだろうか」などと、理由付けてしまうほどに。

よって、せっかくのファミリータイプのマンションの室内は完成品に占領され、結果、誰も部屋に招くことなく、ますますひとりで籠《こ》もるという流れに落ちつく。

ついプラモ愛を熱弁してしまったが、来人が言いたいのは、神様にも神様のテリトリーがあるということだ。土地に土地神様や氏神様がおわすように、プラモにはプラモの神様がいらっしゃるように、山なら山の神様、海なら海の神様が……と。

それなのに、山で海の神とは、これいかに。

疑問は尽きないが、神様本人に訊《たず》ねるのも失礼な気がして……神様にも事情があるかもしれないし……無駄な質問で正気を維持した。

「なんさ……と、やに……って、なんですか？」

「なんさ～は標準語で言うたら、なになになんだよ～いう意味やな。やに～は、なになになんだよ～……て、どっちも、ほぼ同じ意味やな」

「やにって、関西弁ですか？」

「ちゃうちゃう、近畿弁やに。ここ、三重県の伊勢市やに？　関西ちゃうに？　せっかく三重におるんやで、地元の言葉をマスターせな勿体ないに？　真似《まね》してもええに？」

「いえ、結構です」

「遠慮せんでもええんやに～？」

嫌がらせか、単なるお茶目か。やにやにを乱用しながら、それより……と海皇神が顔を近づけてきた。美形ならではの迫力に押され、尻で後退しようとしたが、泥に阻まれて身動きが取れない。反して海皇神は楽しいオモチャを見つけた子供みたいに、目をキラキラさせている。

「斧、どうしたい？」

「どうしたい、とは？」

「返してほしい？」

「そりゃ、返していただけるものなら。私物じゃなくて借り物ですので」

「そしたら、自分で潜って探してみる？」

「……潜る？」

不審感と警戒心百パーセントで見あげれば、神様の美しい鰓が、楽しげにパタパタと前後した。犬でいうなら、尻尾《しっぽ》を振っているあの感じだ。

なにやら神様ひとりがワクワクしているが、来人としては微塵も共感できないし、尻尾を振りたい気分でもない。それよりも、ホテルのチェックインに間に合うのかが心配だ。

「あの、自分で潜って探すって、どういう意味でしょう？　僕、泳ぎはまったくダメですので、その場合はダイバーを雇うことになりますが、アックスの価値に対して、さすがに費用が嵩《かさ》みますので、そこは上司に相談を……」

「誰がダイバー雇えて言うた」

「じゃあ、どういう意味ですか？」

「そのまんまの意味。行こ」

いきなり手首をつかまれた。

氷のような冷たさに、背筋がヒュッと凍りついた刹那、来人は強く確信した。

「彼」が、この世のものではないことを。

――――神は神でも、まさか死神？

もしかして自分は、山の中で遭難して、とっくに死んでしまった……とか？

沼に落ちたのはアックスではなく、本当は来人だった……とか？

「あの、ちょっと待ってくださいっ」

急に怖くなり、反射的に身構えた。そんな来人を振り向いて、神様が妙に優しい微笑を浮かべる。なんで？　と。

「待っても、なんにも変わらへんに。行動せな」

「行動……？」

「なんにも怖ない。行こ」

誘われているのは、天国？　地獄？　天国なら、目指すは上空。でも、誘われているのは沼の中だ。ということは、状況で判断すれば地獄っぽいが、地獄に連れていかれるような悪さをした覚えはない。

「行こって言われましても、あの、こんなに真っ暗だし……」

「大丈夫。俺がついとる。俺を信じて」

「信じてと言われましても、僕は、あなた様のことをまったく存じあげませんので、信用できるかどうかを問われると、失礼ですが、まったく信用できませんし、どちらかといえば不審者で……っ」

「自分、固いなー。なんでも挑戦やで？　やってみたら楽しなるて。行こ」

「行こ、と軽く誘われましても、僕は石橋を叩いても渡らないどころか、最初から叩かないタイプの、挑戦とは無縁の人生をマイペースに歩んでおりますので、どうかお気遣いなく！」

だから全力で遠慮しますと足を踏ん張り、顔を引きつらせたときには、もう――――。

足は地面から離れ、手を引かれ、逆さまになり。

沼の中へ引きずりこまれていた。


冷たい水と、全身を包むその圧力。

聴覚は封じられ、耳の奥に空気の膜ができたかのような錯覚を抱いた。

ゴポゴポゴポ……と、水音が耳奥で響いた瞬間、来人はパニックに陥った。

「泳げないんだ――――――！」

僕は人間！　鰓はない！　と、訴える以前の問題だ。鰓があったとしても、来人は泳げない。

理由は明白。筋金入りの「金づち」なのだ。いまのいままで、すっかり忘れていたけれど！

「助けてくれ――っ！」

全力で叫んでも、口を閉じたままでは、誰かに聞こえるはずもない。

ぶくぶく……というより、ズブズブ。ゴポゴポゴポ……から、ボコボコボコ……ボコッボコッ……と、気泡の音が変化する。深く、深く、沈んでゆく。

スニーカーが重い。まるで……そう、鉛だ。その鉛のように重い物体と化したスニーカーが、来人の足からずるりと抜け、二匹の魚のように遠ざかり、見えなくなった。

それでも来人は沈んでゆく。どんどん、どんどん、沈んでゆく……。

感覚としては、とうに山の標高を超えたと思われるほど深くまで潜水しているのに、まだ止まらない。そしてスピードも一向に落ちない。地球の裏側まで到達しそうな勢いだ。

「……っ！」

もがいても浮上できない、幼い頃の恐怖が蘇《よみがえ》る。

四歳の、あの事件を。

あれから二十年も経ったのに、まだ来人は、水が怖い。

恐怖に負けて叫びかけ、そんなことをしたら溺《おぼ》れると察し、慌てて片手で口元を押さえた。

引っぱられている左手首が痛い。振りほどきたくても、いま手を離されたら確実に溺れる。気づけば来人も自称・海皇神の手首を、しっかりと握り返していた。

海皇神の潜水スピードが速すぎる。どこまで連れていかれるのか、息は保《も》つのか、焦りと不安で破裂しそうな精神力と肺が限界に達すると思われた、そのとき。

「目ぇ、開けてみ」

楽しげに誘う声がして、来人は自分が途中から、目を瞑《つぶ》っていたことを知らされた。

「目ェ開けな損やに？　めっちゃ綺麗な景色やで？」

綺麗と言われても、ここは沼だ。汚泥以外を想像できない。でも、海皇神の声は穏やかで優しかった。そんな声で促されると、ウソとは思えない。

おそるおそる、来人は瞼を開いてみた。

水の底は、暗くなかった。

海皇神の全身から放たれる光で、水全体が蒼白《あおじろ》く反射していたからだ。

来人の頬《ほお》を撫《な》でるようにしてぷくぷくと上昇していく気泡も、クリスマスのイルミネーションか、夏空に輝く星のようにキラキラと瞬いている……と思ったら、実際その気泡の中で、幾粒もの小さな星の砂たちが躍っているのが見えた。

星の砂は、本物の砂ではなく有孔虫の死骸《しがい》なのだが、これがたくさん見られるのは沖縄あたりの浜辺のはず。

ということは、ここはまさか沖縄の海？　と無茶なこじつけをするそばから、目の前をカクレクマノミの団体様が通り過ぎていった。パウダーブルータンも二匹見つけた。いちゃいちゃしているから、おそらくカップルだろう。……特別魚に詳しいわけではない。どちらも魚が主役の世界的アニメで有名になった種属だ。

岩肌にくっついて揺れているのは、ピンクや黄色の珊瑚《さんご》に、オレンジ色のイソギンチャク。中でコソコソ動いている紅白の生き物は、海老？　ぽわぽわプクプク泳いでいる、猫のような耳がついた小さな可愛《かわい》らしいのは、メンダコだ。

「そんな馬鹿な……」

気が緩んでポカンと口を開けた直後、ゴフッと口から空気が抜けた。

溺れる！　と慌てたとき、力強い腕が腰に回り、来人をグイッと抱き寄せた。

来人の口から漏れた空気を、海皇神がぱくりと食べ、そして。

驚異の美貌《びぼう》が接近してきた直後…………。

「○×△★※☆▼×××……――ッッ！」

なんなんなんなんなんなんなんなん、なんなんなん――っ！

「んんんんんんん――――っ！」

なにをするんだ、なにをされているんだ、これはまさかのききききき、キスなのかこれはっ！　人生初のキスなのかっ！

「んーっ！　んーっ！　んんんーっ！」

相手が男で、水中で、人間じゃなくて神様という、あり得ないシチュエーションでファーストキスを奪われているのかっ！

ぴっちりと閉ざされた口の中に、ふぅっと吹き込まれたのは、酸素。

反射的にゴクリと飲みこんでしまい、耳までカーッと熱くなった。それでもまだ唇は密着していて、ファーストキスの真っ最中だ。いや、一度離れて、またくっついたから、カウントとしては二度目になるのか？　と換算している間にもちゅっちゅっちゅっと三回押しつけられたから……あああっ、ビギナーからいきなり五回の熟練者！

やっとのことで海皇神を突き離し「やめてくださいッ！」と全力で拒絶したら。

「……――あれ？」

声が、出た。

話せるし、息もできる。水中なのに。

そして海皇神が手を離したのに、沈むでも浮上するでもなく、来人ひとりで水中の直立をキープしている。まるでタツノオトシゴみたいに。

目を見開いてびっくりしている来人が可笑《おか》しいのか、海皇神がにっこり笑った。

「泳げとるやん。なかなか上手やに」

グッと親指を立てられて、少しだけ胸が熱くなった。

「泳げて……ますね。でも、どうして？」

「インスタントの酸素ボンベ、入れたったから」

「インスタントの、酸素ボンベ？」

「海皇神の能力を、ちょっと分けたろかーていう感じやな。酸素ひとくちで、人間時間でいうたら三十分くらい保つんちゃうかな」

ポカンとしている来人の目の前にスイッと泳いできた彼が、もう一度唇を押しつける。唇同士の接触は、まったくもって不慣れなために動揺は半端ないが、酸素補給による救命行為ということであれば、断る選択肢はない。たとえそれをされることによって、来人の腰のあたりが甘く疼《うず》いたとしても。

乱れる鼓動にブレーキをかけて顔を離し、「いまので五分くらい追加ですか？」と、震える声で訊ねたら。

「ううん。いまのは普通のキス」

「キ……」

「ちょっと感じた？　ゾクッとした？　なんか、そういう顔しとる」

興味津々の目で顔を覗きこまれ、来人はとっさに顔の前で両腕をクロスした。

「しっ、してませんよっ。ていうか、どうしてキスなんかっ」

「どうしてて、急にキスしたなったんやもん。ええやろ？　キスくらい」

「キスくらいって言われましてもっ！」

ああそうですかとは、了承しがたい。

キスというのは好意の証《あかし》だ。少なくとも来人は、そう信じている。彼女いない歴二十四年だからこそ、ファーストキスは好きな人と交わすものだと、意地で思い込んでいる。

「あれ～？　もしかして人間、キスするの初めて？」

遠慮なく直球を投げつけられて、ボンッと顔から火の玉が飛んだ。

「人間、いま何歳？　あ、年輪視《み》えた。二十四歳？　彼女なし歴何年？　まさか歳《とし》の数と一緒？　そんなことないやろ？　人間、めっちゃ可愛いし美人さんやし、髪サラッサラやし、手足も長いし、水も滴るええ男やし、誠実そうやし真面目《まじめ》やし……あーそうか、真面目すぎて、甲斐性《かいしょう》もなさそうで、女の子らにしてみたら、つまらんのかもしれへんなー」

「そそそ、そんなことないですよ！　弱小ですけど、一応不動産会社という安定職に就いて、宅建の資格も持ってますしっ」

「うわー、ますます堅そうなイメージやなー。おまけに弱小では、甲斐性も将来性もあらへんやんか。そういや趣味、なんやった？　え？　プラモデル制作？　プラスチックの小さいパーツを、接着剤でチマチマチマチマつけていく、あれ？　え、あかんわー、そら地味やわー、彼女できへんにー、真面目のハードルが高すぎて、いちいち飛び越えるの面倒くさいにー。そのうえ童貞て、なんかもーめっちゃ疲れるやんー」

「えっ！　どどど、どう、ななな、なに言ってんですか！　そそそんなわけ、なななないじゃないですか！　ははははは！」

「見栄の張り方、わっかりやすぅ～」

肩を揺らして笑った海皇神が、羽衣の袂《たもと》を靡《なび》かせ、優雅に片腕を広げてお辞儀した。

「ようこそ、我が竜宮城へ」

来人はポツリと呟《つぶや》いた。カオスだ……と。

いま来人の目の前で虹色に輝いているのは、水中建造物。放射状の光が目映《まばゆ》すぎて細部までは確認できないが、外観を例えるなら、十円玉に描かれている平等院鳳凰堂《びょうどういんほうおうどう》か。

沼のサイズは、目視で直径五メートルだった。いま来人が見ているものは、とてもじゃないが五メートル幅の水底で展開できる世界ではない。これは完全に、海の底だ。

もっとしっかり観察しようと、いつものクセでメガネに手をかけようとしたが、ない。いつ、どこで、どのタイミングで落としたのか記憶にない。最初に海皇神から金目鯛よばわりされたから、そのあとだろうとの察しはつく。

だが、不思議なことに水中では近くも遠くもクリアに見えて、裸眼でもなんら支障はない。

まさか自分が本当に金目鯛になってしまったかと、慌てて手足を確認したが、Tシャツにマウンテンパーカー、そしてカーゴパンツ……靴下はスニーカーと一緒に消えてしまった……というスタイルで、いまのところ人間の体型をキープしていることにホッとした。

小学三年生のときからレンズ越しの世界に慣れているため、メガネがないのは落ちつかないが、自由度はグンと増して、そのぶん気持ちも大きくなる。溺れる心配もなくなった安堵感から、口も多少は軽くなる。

「『金の斧、銀の斧』は、たしかイソップ。『浦島太郎』はお伽話《とぎばなし》だったよな。ポセイドンはギリシャ神話。これはカオスだ」

「えー？　カオスと違《ちご》て、ええとこ取りて言うてー」

腰に手を当てた海皇神が、唇を尖《とが》らせて反論する。ひらひら漂う羽衣が金魚の尾鰭にも見えてきて、ここが海水なのか淡水なのか、脳内の混乱は広がる一方だ。

「海の神様なのに、山の奥地の沼の中に竜宮城を勝手に建設……建設？　して、熱帯魚を飼育している……飼育？　放流？　あ、わかった！　これ全部、プロジェクション・マッピングですね？」

半分本気、残り半分は希望的観測で訊いた来人に、そんなわけないやん、と海皇神が呆《あき》れて笑う。

じつによく笑い、よくしゃべる、愛想のいい神様だ。神様という存在は、もっと遙か遠い位置に君臨しているイメージだったが、もののみごとに覆された。

「みな本物。本物の魚に本物のイソギンチャク。ウソみたいな生態系コラボを実現できるのが、海皇神である証拠やに。すごいやろ？」

「はぁ……」

放心して頷く来人の顔の前を、クリオネの団体が横切ってゆく。来人の顔を見た瞬間、バッカルコーンを一斉にニュッと突きだしたが、敵ではないとわかったらしく、ツノを引っ込め、去っていった。どうやらこれも本物か。

こんな山の奥地……沼の底にいて、プロジェクション・マッピングを知っていることは結構な驚きのはずだが、いま見ていることや起きていることに比べれば、あまりに些細《ささい》で気にもならない。解析不能な事象は、すべて「神様だから」のひと言で済ませれば問題ない。それよりも。

「四歳から三年間、水泳を習っても、ついに数メートルも泳げなかったのに……」

この事実に、驚きが隠せない。

あれは四歳の春。来人は両親と浜辺で潮干狩りの最中に、海で溺れた。長い時間海中にいたはずが、奇跡的に鼓動は動いており、ラッキーにも大波に押されて浜へ戻され、一命を取り留めたが、水に対する恐怖心は拭えなかった。

それがきっかけで水に近寄れなくなった来人をなんとかしようと考えた両親が、来人をスイミングスクールに入れたのだが、他の子がどんどん上達していく中、来人は水に顔をつけられるようになるまでに、相当の時間を要した。

泳げるようになろうとして一生懸命頑張ったものの、頭に水がかかるだけで波に飲みこまれた瞬間を思いだし、身が竦《すく》むのだ。必死で波に抗《あらが》ったあのときのように手足をバタバタさせてしまい、なにも知らないみんなからは大笑いされて……。

そして来人は泳ぎをマスターできないうえに、水への恐怖心を増幅させて、スイミングスクールを退会した。

そんな自分が水中に浮いていること自体が信じられず、水に対する恐怖心もほとんどないのが夢のようだ。波が立っていない静かな空間だからだろうか。

水の中に入るまで、こんなに静かだとは知らなかった。そういえば、来人の住むマンションの近くにある狭山湖と多摩湖も、とても静かだ。海やプールには近づけなくても、湖を怖いと感じたことがないのは、あのバシャバシャと迫ってくる水音がないからかもしれない。

どのくらい水が平気になったのだろうと、試しに両手を曲げたり回したり伸ばしたりしてみた。海皇神が身を乗りだし、目を輝かせる。

「わー、懐かしいなぁ。それ手旗信号やろ？　海軍の」

「いいえ、ただ水中における自分の精神状態と、可動範囲を確認しているだけです」

「太平洋の沖合いで、いっつも見とったヤツや。山に幽閉される前は毎日……」

ひとりでしゃべって、ひとりでハッとして、海皇神が慌てて口を押さえる。

幽閉？　と訊いたら、「そんなん言うてへん。聞き間違いやに」と笑ったあと、「ほれ、いま手旗信号したやろ？　み・ず・の・な・か・は・た・の・し・い・なぁ～て」と勝手な解読で話をはぐらかされた……気がした。

でも、そんな些細な違和感は、両手足をバタバタさせているうちに薄れてしまった。

なぜなら、楽しくて。

そう、海皇神の言うとおり、水の中が楽しいのだ。沈まないし、息もできる。思いがけず声も出せる。縦になったり横になったり、斜めになったり上下逆さまになってみたり。前後にゆらゆら揺れたり、回転もできる。ある意味、陸にいるより「自由」だ。

特筆すべきは、寒さも冷たさも感じないという点だ。水なのに。

濡れて重さを増していたはずの衣服も、なぜかサラサラしていて草原にでもいるような心地よさだ。水なのに。そう、水なのに！

「すごい……」

普通に見えるし聞こえるし、きゅっと体を捻ればフィギュアスケーターのような高速スピンも自由自在だ。地上と大差ないどころか、無重力空間に浮いている感じが楽しい。

「どう？　人間」

「どうって？」

訊きながら何度もスピンを試みる来人に、海皇神が目尻を下げる。

「楽しいやろ？　水の中」

「あ……はい、まぁ、思っていたより楽しいです」

自分テンション低いなぁ～と呆れられ、僕らくらいの年代は、みんなこんな感じですよと返したら、「楽しいときはワーッて声出して喜んだら、もっと楽しなるやん。さっきのキスみたいに」とからかわれ、「あれはキスじゃありません！　ノーカウントですっ」とムキになって抗議したら、「急にテンション高なったなぁ」と笑われた。

「なぁ人間。水の中に住みたなったん違う？　ええよ、竜宮城に住まわしたっても」

「え？　まさか。アックスを拾ったら、すぐに地上へ戻りますよ」

さらっと訊かれたからさらっと返したのに、えっ！　と真顔で驚かれ、こちらのほうが驚いた。

「帰るて、なんで？　やっと会えたのに！」

「……やっと？」

どういう意味ですか？　と首を傾《かし》げたら、海皇神が目を逸《そ》らした。そして、せっかく来てくれたのに、と言い直した。

「さっきから、めっちゃ楽しそうやんか。ずっと、おったらええやん」

「そういうわけにはいきませんよ。そもそも人間は陸の動物です。水中で暮らすようには
できていません」

と、なんの気なしに口にして、海皇神を振り向いたら。

最初から冗談ばかり飛ばしていたお茶目な海皇神が、表情を曇らせた。

「……そらそやな。俺らと人間は、住む世界が違うもんな」

当たり障りのない言葉でまとめた……というより、ニューッと伸ばして様子を窺《うかが》ってい
た「本心」という首を、ヒュッと引っ込めたように感じられた。

なにか気に障ることを言ってしまったのだろうか。あの……と顔色を窺うと、さっきの
暗い顔はウソでした〜と言わんばかりに、パッと晴れやかに笑ってみせる。くるくる変わ
る表情が、神様相手に言うのもなんだがチャーミングだ。

「せっかくやで捜し物の前に、竜宮城の中を案内しよか？」

「え？　あ……、はい。物件の間取りには興味あります」

「よし！　ほな招待したるわ。俺の自慢の竜宮城」

「竜宮城って、お城ですよね。いわゆる海底遺跡ですか？」

「ちゃうちゃう。遺跡ていうのは、地盤変化や海水の上昇で浸水してしもた都市とか、あ

とは……ほれ、ダムの建設で人工的に沈められた町とか、そういうやつやろ？　竜宮城はそういうのと違て、はじめから水の中に建設した城やに」

そんなことができるんですかと目を丸くしたら、「俺は誰？」と訊かれ、「海の神様」と返した自分の答えに納得した。

「もしかして、竜宮城見るの初めて？　昔のガイドブックに登場しとるに？　ウミガメ潜水艦で行く豪華海洋ツアーで、一時期話題にもなったんやで？　鯛や鮃《ひらめ》のダンスを観賞しながら、海の幸食い放題ディナー付き、宿泊し放題ていうパッケージツアーで。まぁ、言うても実際に来てくれたのは、日本人の若い兄ちゃんひとりだけやったけど」

「それはもしや、浦島太郎……」

幼少期に見た絵本。あれはガイドブックだったのか……と目から鱗の来人をよそに、海皇神が予想外の事実を暴露した。

「美人の女将《おかみ》・乙姫《おとひめ》さんがお迎えするよ～てウソついてしもたけど、あれな、ほんとは俺なんさ。女将が男てバレたとたん、広告に偽りあり！　て散々文句言われてな。それ以来、誰も来てくれへんようになったんさ」

「来なくなったのは、そういう問題じゃないと思いますけど……」

「あれから何年経ったかな、百年は過ぎとるな。海から沼へ移設したいまも、竜宮城ピッカピカやで？　壁も屋根も、真新しい珊瑚とアコヤ貝で最近リフォームしたばっかりやで、

とたん。

「虹色に光って最高に綺麗なんさ〜」

ご招待〜♪　と、語尾で音符を弾ませた海皇神に再び腕を取られ、竜宮城と向き合った
「ぎええええええええ――――――ッ！」

と、海皇神が絶叫した。

逆に来人は、絶句した。

なんと、赤いプラスチックの柄のアックスが、竜宮城の屋根のど真ん中をぶった切るように、めり込んでいたのだ！

赤いプラスチックの柄に、黒の油性ペンで「角」と書いてある。だから、来人が落とした角崎さんのアックスに間違いない。

でも、あまりにもサイズが違う。妙にデカいのだ。デカいどころの話ではなく、巨大なのだ。そもそも片手で軽く扱えるはずのアックスが、両手を広げた三倍のサイズに変化して見えるのは、ここが水中だから？　それとも竜宮城がミニチュアサイズなのか？　ということは、海皇神も来人も、魚サイズに縮んでいるのだろうか？

ゾッとして、来人は慌てて自分の体を叩いたり引っぱったりして確かめた。小学生のころ、社会科見学の海洋施設でそのような模型を見たことがある。スチロール製のカップラーメンの容器が、深海へ進むに従ってどんどん圧縮されて縮んでいく、アレが脳裡《のうり》を掠《かす》め

たからだ。

　これ以上潜水したら消えてなくなるかもしれない……と震える来人の目の前で、巨大アックスが、ぐらりと傾いた。その重量を支えきれず、アコヤ貝製の屋根瓦《やねがわら》がバリバリッと虚《むな》しい音を立てて陥没する。

「うわ……、ああああああああーっ！」

　城の主《あるじ》に注目されるのを待っていたのか、アックスがこれ見よがしにズブズブと屋根にめり込み、見えなくなった数秒後。

　ゴォ〜ン……と、ドラの音色が水中に響いた。

　ウガー！　と叫び、海皇神が両手で頭を掻《か》き毟《むし》る。耳の位置にある鰓は、戦闘態勢のエリマキトカゲのごとくバッと開いて立ちあがり、先端に連なる白い真珠は怒りの赤に染まっている。

「屋根に穴あいてしもたやないか！　雨漏りダーダーやに！　どうしてくれるんさ、このアホッ！」

「いや、そもそも水中ですから、雨漏りで文句を言われましても……」

「責任持って修理せぇ！　竜宮城の屋根直すまで、陸に戻るの一切禁止！　監禁や！」

　ええっ？　と来人は目を剝いた。屋根の修理と言われても、そんな技術も材料もない。

「禁止って言われても困りますよ！　僕、明日は東京へ戻らなきゃならないんです！　今夜もホテルに戻ったら、社長に定期連絡を入れなきゃならないし、出張報告書も提出しなきゃいけないし、それより、帰りの新幹線の指定席券を買っちゃいましたし……」

「そんなん一切気にせんでええ。人間が陸に上がるまでは、水中に飛びこむ直前の時間で時空が止まっとるわ。よぉあるやん、周りは全然変わってへんのに、主人公だけが歳とるやつ」

「え。そうなんですか？　でも、浦島太郎さんは、陸に戻ったらおじいさんに……」

「あれは、俺の忠告を無視して玉手箱を開けた太郎が悪い」

「そっか、ならよかった……って、いやその、全然よくないです」

「人間にも、玉手箱用意したるわな」

「遠慮します。無駄なリスクを負わせないでください。それより、修理については後日社長と相談のうえで作業工程表を提出しますから、日を改めて、また伺います」

ペコペコと頭を下げると、ズイッと顔を寄せられた。半端ない美貌のせいか、押し問答の最中なのに正視できなくて目が泳ぐ。

「人間の仕事と、竜宮城の屋根と、どっちが急用？」

「仕事です」

延髄反射で即答したら、ぬぁあぁあ〜にぃいぃい〜？　とエコーのかかった疑問符を、ゴリゴリグイグイ押しつけられた。

「だだだ、だって、仕事に戻らなきゃ、会社に迷惑をかけちゃいますから……っ！」

海皇神がスイッと離れ、来人を睨《にら》み、ババッと長髪を逆立てた……と思いきや！

「うわっ！」

いきなり髪から放電した！

感電死する！　と身構えたら、来人ではなく、来人の周囲で優雅に泳いでいたクマノミの群れに直撃した。

一瞬で灰色になったカクレクマノミたちだが、焦げたわけではない。そうではなくて、オレンジ色の美しい鱗はゴツゴツの岩と化し、可愛らしかった口元は鰓まで裂け、クワッと開いた口の中には、尖った歯がびっしりと生えていて……。

「ピラ、ニア……？」

「ぶー。外れー。正解は、鬼達磨鰧《おにだるまおこぜ》でしたぁ～」

「オニ、ダルマ、オコゼ……？」

「そう。カタカナで言うのは簡単やけど、漢字で書くとめっちゃ難問な鰧の仲間。俺は百年練習したから、いまではスラスラ書けるけど、普通は鰧て書けへんに？　しゃーないでレベル合わせて、カタカナで話したるわ」

笑わせようとしているのかもしれないが、全然楽しくない。

「ていうことで、総勢五十四の海底やくざ・オニダルマ組参上や。体中のヒレに棘《とげ》があるで気ィつけてな。こいつらな、ハブの約八十倍の毒、持っとるに」

「ハブの、八十倍……っ」

青ざめつつオニダルマ組から距離をとる来人の気も知らず、海皇神が胸の前で両掌《りょうてのひら》を擦《こす》り合わせ、ワクワクした口調で解説を押しつけてくる。

「ハブ、知っとる？　オニダルマオコゼて呼んどるんさ。毒はオニダルマオコゼの八十分の一の毒を持つ蛇なんやけどな、俺らは陸のオニダルマオコゼの八十分の一しかあらへんのやけど、陸では猛毒持ちで恐れられとってな、せやけどオニダルマオコゼのほうがハブの八十倍の猛毒持ちで……」

「わかりました。脅威はじゅうぶん伝わりました。説明がループしてます、三周ほど余計に」

恐怖に追い打ちをかけられたくない一心でストップをかけると、あっそ、と海皇神が口を閉じた。

来人を一斉に取り囲んだオニダルマ組が、落ちくぼんだ目で睨みを利かせ、への字に曲がった堅そうな顎をガバァと開けて威嚇《いかく》する。乱雑に生えた鋭い牙《きば》を、これ見よがしにカチカチカチと鳴らされ、ヒュンッと心臓が縮み上がった。

怯《おび》える来人をますます追い詰めようというのか、周囲に暗雲が垂れ込める。大きな生物の気配を背後に感じ、警戒しながら振り返れば、なんと！

「た……っ」

一声発したきり、来人は目を開けたまま一瞬気を失った。

精神衛生上、そのまま気を失っていたほうが良かったことは間違いなく、意識を取り戻した自分をぶん殴ってでも、再び気絶したくなる。

パニック・メーターが振り切れて、逆に冷静になっていく来人の脳内を、思考がテロップのように通り過ぎる。

これはたしかシーホースという別名があったな……ニューッと伸びた口元が、なるほど馬に似ているな……それにしても、竜宮城の高さに匹敵するとは、いくらなんでも巨大すぎるな……と、分析しながら顔が引きつる。

口を筒状に突きだした「吻《ふん》」で、ツンツンと頭を突かれても抵抗できずに固まる来人を、海皇神が嘲笑《あざわら》う。

見れば、白く美しかった羽衣は漆黒に変わり、手の甲を覆っていた虹色の鱗やコーラルピンクの唇も、妖《あや》しげな青紫色に染まってダークサイド感全開だ。サラッサラのストレートだったパールホワイトの長髪も、なぜかクルクルと妖美《ようび》にカールし、黒髪に変化している。放電の影響で焦げたのかもしれない。

「紹介したるわ。俺のペットのヒッポくんや」

「ヒッポ……くん？」

「ヒッポカンポス。ギリシャ神話の合成獣やに。タツノオトシゴの属名、知らん？」

「知らんもなにも、まさか、そのヒッポカンポスの頭を取って、安直にヒッポ……」

……と呟いたら、海皇神がパタパタッと鰓を折り畳んだ。聞こえませんという明確な意志表示だ。再びゆっくりと開いた青紫色の鰓が、優雅な動きで水を掻く。

「うちのヒッポくんな、水中ではよぉわからんかもしれへんけど、尻尾巻いた状態で全長三メートル、尻尾伸ばしたら七メートルあるんやに？　ついでに自慢すると、海洋腕相撲ワールドカップで九十九年連続優勝やに？　めっちゃスゴない？」

「す……、すごい、です。けど……」

腕？　腕って一体どこにあるんだ？　とヒッポくんを凝視すれば、これが腕だと言わんばかりに尻尾をビヨーンと伸ばしてみせた。あれを腕だと偽って腕相撲大会に出場したのなら、ちょっとどころか、かなり狡《ずる》い。

「やろ？　スゴいやろ？　前回の決勝でヒッポくんに負けたダイオウイカな、腕の骨バキバキに折れて、泳げへんようになってしもて、フラッフラで大西洋を横断しとるときに鮫《さめ》の大群に襲われて、アッという間に食われてしもたんさ。最近ダイオウイカの死骸が、あちこちで発見されとるやろ？　あれな、ほとんどうちのヒッポくんに勝負挑んで、負けたヤツらなんやに。哀れやわ～」

このタイミングで、ヒッポくんが来人の腰に尻尾の先を巻きつけてきた。ギョッとして見あげれば、下瞼を迫《せ》りあげ、細目でフフッと笑っている。

「タツノオトシゴはな、珊瑚とか海藻とかに尾を巻きつけて、水中で体勢をキープするんさ。とくにヒッポくんは、これだけの巨体をキープするわけやで、どんだけ尻尾の力が強いか、想像つくやろ？」

来人はゴクリと息を吞んだ。ダイオウイカでも負けるのだ。だったら人間の自分など……それも、中肉中背の、顔の造りが平均よりやや整っているくらいしか取り柄のない自分など、ヒッポくんにきゅっと締めつけられたら瞬殺だ。

あっさり二分割にされる自分の末路を想像し、血の気が引いた。そんな来人に、ダークサイド・バージョンの海皇神が残酷に微笑《ほほえ》む。

「……とまぁ、そういうことで、うちのヒッポくんは人間のひとりやふたり、キュッとシメて、プチッて千切ってしまえるわけや。めっちゃ無邪気に」

無邪気を語る口元が、びっくりするほど邪気だらけ。その口元でぎらりと光るは、ピラニアの親玉のような鋭い牙……！

「それとな、人間。忘れとるみたいやで教えたるけど、あと一分やに？」

「あと一分……？」

なにがですか？　と訊こうとしたとき、ゴフッといきなり噎《む》せ返った。反動で水が逆流し、鼻と口の両方から吸い込みかけ、とっさに両手で口を覆った。

酸素ボンベの効力が、切れる……！

「んんんんん、んーっ！」

来人はグッと口を噤《つぐ》み、浮上しようとして必死で手足をバタつかせた……が、ヒッポくんの尾は弛《ゆる》むどころか、ますます来人の腰に食い込む。

返済を迫る高利貸しのような顔つきで、海皇神が揉《も》み手する。

「ほな、もう一回だけ訊くわ」

「んーっ！　んんーっ！」

「人間の仕事と、竜宮城の屋根、どっちが大事？」

屋根です！　と、血走っているに違いない両目で訴えているのに！

「あれー？　そうも俺とキスしたいの？」

キスじゃなくて、酸素ボンベ、ギブミー！　と訂正する間に溺れ死ぬ！

ヒッポくんが尾を弛めた。体がいきなり自由になった。

海皇神が来人に両腕を差し伸べるのと、来人が海皇神にしがみつくのは、同時だった。

腰に左腕を回され、右手を後頭部に添えられて、まるで絵に描いたように情熱的なキスのポーズで、唇を塞《ふさ》がれていた。

「ん……っ」

隙間なく唇を合わせたまま、ふぅっと息を吹き込まれた。ＳＯＳを発していた肺が、ふわり……と大きく膨らんだのがわかった。

そっと離れた唇は、美しいコーラルピンク色に戻っていた。来人の頬も、おそらくピンクに染まっているだろうが、これは決して恥じらいではない。酸素を補給されて血の巡りが良くなったからだと、誰に聞かれても即答するぞ！　……と、無駄に肩に力が入る。

「どう？　人間。もう苦しないやろ？」

訊かれて来人は大きく深呼吸し、水中での機能を確認した。水に漂う海皇神の超ロングヘアも、サラサラのパールホワイトに戻っている。場所に応じて外見を変える……ほら、アレだ。魚の擬態を見ている気分だ。

「大丈夫……みたい、です」

危なかった……と本音を漏らしたら、海皇神が来人の体調を確認するかのようにくるりと周囲をひと廻《まわ》りして逆さになり、上から覗きこんできた。

「もうひと呼吸、サービスしたろか？」

そう訊くが早いか、ちゅっと唇を啄《つい》ばまれた。優しい感触に、鼓動がトクンッと軽やかにスキップし、ほわん……と体が軽くなる。

「あの、あとふた呼吸ほど……」

「もうすっかり、俺の唇の虜《とりこ》やな」

言われたとたん、正気に戻った。顔の火照《ほて》りを手で扇いで冷まし、慌てて弁解する。

「そうじゃないって、何度言ったらわかるんですか。それより、何度も補給するのはお互いに大変ですから、一度にたくさんいただけませんか？　できれば一時間分くらい」

　要求すると、クルッと宙返りして遠くに逃げられた。

「それは暗に、俺とディープキスしたいていうこと？　人間、顔に似合わず大胆な誘い方するなぁ」

「いえ、あの、だから、そうじゃなくて……」

「分け与える酸素は、一回につき三十分やに。それ以上分けたら、逃げられるやん。地上まで」

　そのひと言に、「逃がすものか」という脅しが見える。来人はキュッと眉根《まゆね》を寄せた。

「三十分なら、余裕で水面に辿りつけますけどね」

　少々強気で言ってやったら、立てた人差し指をチッチッと左右に振られた。

「そらまっすぐ上昇したら、誰でも五分で行けるわ。そやけど、そんな簡単に逃がすと思う？　ヒッポくんの尻尾、長いで～？　オニダルマ組の連中の牙、ごっついで～？　三十分で逃げ切れるか～？」

「う……っ」

　そうきたか！　来人は思わず頭を抱えた。追われるという事態を、まったく想定していなかった。うーんうーん……と悩みつつ、「じゃあ、三十分に一回、酸素補給を必要とするってことなんですね？」と、恥ずかしい酸素吸入法を確認したら。

「三十分に一回キスせな死んでしまう〜て、俺ら、めっちゃ熱々カップルやな」

勝手な解釈で勝手に照れた海皇神が、「キャッ♡」と両手で頰を押さえた。


ヒッポくん以下、元クマノミの海底やくざ・オニダルマ組に監視され、来人は囚《とら》われの身のまま竜宮城の屋根を修理するハメになった。

「でも海皇様は、水中に竜宮城を建設できるほどの能力をお持ちなんですから、この程度の修理なんて、指一本でできちゃうんじゃないですか？」

「できる、できやんの話と違て、壊したヤツが直すのは、どこの世界でも当たり前」

「でも僕が落としたアックスは、こんなに大きくありませんよ？　神様が、故意に大きくしたんじゃないですか？　アックスと被害箇所の両方を」

直球をぶつけたら、海皇神がウッとたじろいだ。そんな自分を誤魔化《ごまか》すように、ムキになって言い返してくる。

「なにそれ！　なんで俺が、わざわざそんなことするわけ？　自分の大事な城やのに」

「被害を大きく見せれば、僕が責任を感じて、ここに残ると思ったからでしょ？　現に僕はホテルへのチェックインを諦《あきら》めて、山の中の沼の底で、修復作業に精を出しているわけですから、思惑は大成功ってところですか?」

犯人に自白を促す探偵のような目つきで睨みつけると、海皇神が鰓をパタパタッと折り畳んだ。

「それは言うたらあかんし、気づいたらあかんとこ」

「誰でも気づきますよ、そんなの」

なにか言い返してくるかと思ったのに、頑《かたく》なに鰓を閉ざし、「聞こえませーん」と嘯《うそぶ》いている。

来人は腰に手を当て、ふぅ、とため息をついた。仕方がないから、海皇神の気が済むまでつきあうか、と。どのみち、彼なしでは泳ぎもままならないのだ。……ファーストキスの相手だから情が移ったわけじゃないぞと、そこだけは何度も自分に力説したい。

「……だから、違うって」

来人は自分で自分に「冷静になれ」と呟いて、顔をパタパタと手で扇いだ。

「そんなことより修復作業に集中しなきゃ」

昔から手先は器用なほうだ。なにせ、休日のほとんどをプラモデル作りに費やしているのだから。中でもお城のプラモデルは緻密《ちみつ》かつ複雑で、お堀や下町などのジオラマにまで拘《こだわ》りだすと、かなりの時間と集中力を要する。

だからこそ完成の暁には、感動と充足感と達成感と幸福感で満たされるのだ。建て売り住宅が完成したとき以上の喜びを味わえる……と言おうものなら、山岡社長に「プラモデルと建て売りを一緒にするな！」と怒鳴られるに違いないが。

とにかく、そんな来人だから、真面目にコツコツ取り組めば、案外明日には作業が完了して、予定どおりの新幹線に乗って帰れるかもしれない。もちろんプラモデルと竜宮城ではサイズも材料も施工方法もまったく違うし、大きさを意識した時点で心がポキッと折れるから、そこは無視に徹したい。

地味すぎる趣味の話はさておき、いま来人はカーゴパンツのベルトループに、釣り糸を引っかけられている。そのため、逃げることができない状態だ。

ちょっとでも来人が怪しい素振りを見せれば、海皇神がリールを巻いて、ヒュッと引き上げてしまうから。ちなみにふたりの配置と距離感は、二階建ての屋根の上に海皇神、庭に来人とイメージしてほしい。

そして、この庭には植木ではなく、色とりどりのサンゴが生えている。門塀と思《おぼ》しき位置の両サイドに置かれた仰々しい壺《つぼ》の中から出たり引っ込んだりしているのは、阿形《あぎょう》と吽形《うんぎょう》……ではなく、番犬代わりのウツボたち。周囲にギラリと目を光らせている。

「来人。お前、いま逃げよとしたやろ。あ？」

背後から声が降ってきた。呼称は「人間」から「来人」に昇格したものの、扱いの格は下がった気がする。

その海皇神を振り仰ぎ、来人は声を張った。

「逃げませんよ。トイレですっ」

「大？　中？　小？」

「小です。小と大はわかりますけど、トイレで中ってなんですか」

「屁《へ》ェとか」

「へぇー。……これでいいですか？　では、小用に行かせてください」

「俺の会話術を習得したな？　めっちゃ飲み込み早いやん」

なかなかのタマや……と頷いた海皇神が、「いちいち大小の排出作業せなあかんて、人間ていう生き物は面倒くさいなぁ」と唇を尖らせ、カラカラカラ……とリールを弛めてくれた。

来人は地面ひと蹴《け》りで岩場へ移動した。ここには来人の身長の倍ほどはある海藻が密集しており、身を隠すには絶好のポイントだ。

「水の中に水を放出するだけやのに、なんで隠れる必要があんの？」

「羞恥心《しゅうち》があるからですよ、人間には」

来人は海藻のカーテンの間に身を隠し、用を足しながら言い返した。

「ファスナーの上げ下げ、面倒ちゃう？　もう初めから、脱いどいたらええやん」

「そういうわけにはいきませんよ。それと、見えているみたいな言い方しないでください」

「心の目ぇで、めっちゃ見えとる」

「想像力っていうヤツですね。まぁ、想像だけならご自由にどうぞ」

「いま、マッパの来人が前方に見えまーす」

「マッパになんか、なってませんっ！」

　無駄な会話をどれだけ無駄に交わしても、呼吸に支障はない。それどころか、陸にいるのと遜色《そんしょく》ない。メガネなしでも視界は至って良好だ。さっき十度目になるキスをしたおかげで……じゃなくて、酸素を補給したばかりだから、体も軽い。

　監視されていることを除けば、不便なことはほとんどない。なぜなら屋根の修理は、ちょっとした空中遊泳みたいで愉快でもあったから。

　いちいち脚立を立てて屋根を上り下りしなくても、珊瑚や岩、竜宮城の壁面などを軽く蹴るだけで、易々《やすやす》と目的の場所へ移動できる。楽しくて、あちこちに飛んでみたくなる。陸の自分にはまったくなかったアクティブさに、驚きを隠せない。

　壊れた屋根を修復するための材料は、木の板や瓦ではなく、貝殻だ。ひょいひょいと飛び回って拾い集めたアコヤ貝を、鮫の協力を得て「鮫肌」で削って磨いて形を揃《そろ》え、瓦を重ねる要領で差してゆくのだ。

　一応不動産業界の人間だから、屋根瓦の構造についての知識はある。その観点から見ても、竜宮城の屋根の造りは非常に繊細で美しい。

セメントで瓦ごと固める雑な仕事ではなく、必要なときには一枚ずつ外して修復できるよう、昔ながらの重ね張りが施されているのだ。アコヤ貝の虹色に輝く内側部分をうまく使い、優美な曲線を描いている……のだが。

「あーっ！」

小用を済ませて戻ってみれば、いま修理したばかりの屋根に、ヒッポくんが吻の先を押しつけている。甲殻類をも軽々と砕く驚異の吸着力に負けて、アコヤ貝がパリッと音を立て、割れる。

「またヤられた……」

これは自分のせいではないから修理義務はないと思うが、だからといって壊れた屋根を見ぬふりはできない。一度手がけた物件は最後まで責任を持ち、納得のいく形で家主に引き渡さないと。

ということで、またしても割れた屋根の張り替えだ。その前に、瓦となるアコヤ貝を捕まえにいかなければ。これが結構エネルギーを消耗し、一匹捕獲するだけで酸素吸入一回分に相当する……と気づいた直後、来人はバッと竜宮城の屋根を振り仰いだ。

「もしかして、わざとヒッポくんに破壊を命じてます？」

疑いの目を向けると、海皇神が頭をブルブルと横に振って否定した。その表情は絵に描いたように大袈裟な「ショック顔」だ。ひと目で演技だとわかる。

「酷《ひど》いわ～、来人。冤罪《えんざい》やわ～。ヒッポくんは俺の家族やに？　いくらなんでも大事な家族に、犯罪行為を強要できるか？　来人は、自分の大事な相手にそんなことさせられるわけ？　俺に悪いこと、させたないやろ？」

「させられるかって訊かれると、もちろん、できませんよ。でも、そもそも海皇様は屋根の破損について僕に冤罪をかぶせた悪党であって、大事な相手じゃありません。そこは明確に線引きしていただかないと」

　パタパタッと鰓を畳まれたから、来人の抗議は前半しか届いていない。

「そやろ？　できへんやろ？　そしたらなんで、そんな酷いこと言うの？　なんかもー、めっちゃショックやわ～」

「はいはいはいはいはい、わかりました。もう言いません」

　構っていると、無駄に時間とエネルギーを消費する。

　来人はせっせと手足を動かして砂を掻き、貝を探した。餌《えさ》がいいのか、水がいいのか、それとも海皇神が選《え》りすぐりを集めたのか、欲しいサイズがすぐにみつかる。

　ちょうどいま捕まえたのは、両掌を合わせた特大サイズのアコヤ貝だ。外敵の目を眩《くら》ますために、外側の色は地味だが、開いた内側は真珠貝という通称にふさわしく、高貴な輝きを放っている。

「なんだか、潮干狩りの仕切り直しみたいだな……」

四歳までは、毎年のように両親が潮干狩りへ連れていってくれた。記憶しているわけではなく、そのときの写真のデータを見せてもらったにすぎない。

その四歳の潮干狩り以降、家族写真は極端に減った。理由は明白。家族旅行をしなくなったからだ。「なにかあったら怖いから」、「動かなければ事故や事件に遭うこともないから」という理由に、親がそういう思考に達する原因を作った身としては、また家族で出かけたいなどとは、到底言えない。

そのせいで……ではなく、そのおかげで家に籠もってプラモデルを作るという、自分としては結構充実している趣味に巡り会えたのだから、文句はない。

でも、いまこうして貝を追いかけて、捕まえて、ニコニコ笑っている自分は、意外にアウトドア好きだったのかもしれないな……とは思う。

こういうことも楽しいと思える自分を、この歳になって発見するのは、照れくさいけれど嬉《うれ》しくもある。海皇神のおかげだ。そこは素直に感謝したい。

捕まえたばかりのアコヤ貝に目を細め、ふふっと来人は頬を弛めた。

「悪いけど、きみの家を屋根瓦に使いたいんだ。引っ越してもらっていいかな?」

来人はわざと聞こえよがしに舌打ちした。そしてハァ〜ッと大袈裟にため息をつき、屋根の上を振り仰いだ。

「すみません、海皇様。僕の真似をして勝手なモノローグを入れるの、やめてもらえませんか？」

「あー、ごめんごめん。来人やったら、そうやって優しくお願いするんちゃうかなーて思て、代わりにしゃべってしもた」

「お願いなんかしませんよ。相手は、ただの貝ですから」

「うわ！　なんやその言い草！　いまアコちゃん、めっちゃショック受けたに？　私、アコヤ貝のアコちゃんやのに～。巷《ちまた》では真珠貝で呼ばれて、結構ちやほやされとるのに～。せっかく美人さんに生まれてきたのに～。なんで、無言で身ぐるみ剝《は》がされやなあかんの～て。ほれ、いまも大粒の涙がボロッって零《こぼ》れたに」

貝の身を取りだす際、真珠がポロッと落ちたタイミングで海皇神に指摘され、思わず来人の手が止まる。だが、相手は貝だ。寿司屋で食べるホタテ貝やトリ貝の仲間だ。良心を痛める必要はない。

「貝に名前をつけないでください。無駄に情が移ります」

来人の訴えを、聞いているのかいないのか。大粒の真珠は、来人が手渡すまでもなく海皇神の口に吸い寄せられ、体内に取りこまれた。ボウッと乳白色に光りながら、海皇神の喉《のど》を降りていく様が幻想的だ。

胸元で強い輝きを一度放った光は、やがて体に吸収されるように、静かに消えた。

「もしかして海皇様の常食は、真珠ですか？」

海皇神の美しさの理由を発見したと思ったのに。

「真珠で腹は膨れへん。これは単なるサプリメントやに。美肌効果があるんやて。知らんけど。それより、そろそろ休憩しよっ」

屋根からピョーンと飛び降りて来人の隣にふわりと着地した海皇神が、耳の鰓をパタパタ羽ばたかせるようにして顔を覗きこんでくる。

「潮干狩り、楽しかった？」

え？　と疑問符を飛ばしたら、え？　と首を傾げられた。

「潮干狩りじゃなくて、修復作業の材料集め……ですよ？」

あ、という顔をした海皇神が、いったんパフンと口を閉ざし、「なんか、そういうふうに見えたから」と、よくわからない言い訳で片づけた。

美しかったり、愛くるしかったり、表情がめまぐるしく変わるから、ついジーッと見つめてしまう。見ていても飽きないというか、なんというか。

要するに。

「……ふふっ」

海皇神って、可愛い。

「キスする？」

「は？」

「いま来人、ふふって笑ったやろ？　それ、『なんか僕、海皇様のこと好きになっちゃったかも～』ていうトキメキの表れやろ？」

指摘され、ボンッと顔が熱くなった。ジュッと音がしたのは、来人の頰のあたりで水が沸騰したから……のわけがない。気のせいだ。

「そそそそそそそんなわけないじゃないですかっ！」

「その狼狽《うろた》え方、めっちゃ怪しい」

「ああああ怪しくなんかないですよ失礼なこと言わないでくださいどうして人間の僕が海の神様に恋なんかするんですかキキキキキスしたぐらいでっ！」

「誰も恋とか言うてへんし。キスと違て酸素補給やし」

ニヤリと笑われ、ボボボンッ！　と連続で顔から火の玉が飛びだした。おまけにゲホゴホと激しく噎せてしまったから、余計に誤解を招いてしまった。

「自分の気持ちに、もっと素直になったらええのに。そしたら来人、いまよりもっと可愛いに？」

「僕はじゅうぶん素直ですし、可愛くなくて結構ですっ」

「ファーストキスを捧げた俺のことが、気になってしゃーないん違うの？」

慌てて来人は海皇神に背を向け、「ああ忙しい忙しい」と言いながら鮫肌製の砥石《といし》に手を伸ばし、剝がしたばかりのアコヤ貝を研磨した。

来人の隣にちょこんと座った神皇神が、「な。そろそろ休憩」と嬉しそうに催促してくる。先ほどまでの照れもあり、来人はわざと顔を背けた。

「休憩どころか、まだちっとも進んでいませんよ。張り替える先から、ヒッポくんが割っちゃうから……」

「そんなん、また明日でええやん」

「よくないです。早く直して、陸に戻って、社長に連絡を入れないと……」

修理せぇ！　と怒鳴ったはずの本人が、「本日の作業、終了～」と陽気に終業を告げ、「行こ」と来人の手を取って、竜宮城とは逆方向へ泳ぎだした。


ときおり羽衣から覗く逞《たくま》しい二本の素足は、スピードを要するときだけ、大きな魚の尾に変わる。キラキラ光る鱗が、宝石のように美しくて夢心地だ。

水を蹴る力強さと、青みを帯びた虹色に輝く鱗の神々しさに目を奪われながら、「どこへ行くんですか？」と訊ねた。当ててみ？　と笑われたけど、挙げたところで当たる自信はない。

「馴染みのクジラの家なんさ。なんやら、筏《いかだ》に乗った人間のおじいさんと、木彫りの人形を丸呑みしてしもたーて落ちこんどるみたいやから、慰めにいこ」

「それって、もしかしてピノキ……うわっ！」

水を蹴り、海皇神が加速した。滑るようにしてグングン進む。

キラキラと光る鉛色の束は、カツオの大群。その真ん中をわざと突き抜け、隊列を乱して遊んだり、岩の裂け目を高速で抜けてスリルを味わったり、手招くように揺れる巨大海藻の林を縫うようにして泳いだり。そのたびに、海皇神の羽衣が優雅に靡く。

「まるで人魚だ……」

「誰がマナティや」

振り向いて笑われたから、「そんなこと言ってませんよ」と来人も笑い返した。少しだけ迷ってから、「人魚のように綺麗だなって言ったんです」と正直に伝えたら、「来人も綺麗やで？」と、頬を染めながら返されて……照れてしまった。

「俺ら、美男美女のカップルやな、海洋一の」

そんなふうに決めつけられると、意地でも「はい」とは言いたくない。

「どっちも美女じゃないし、カップルでもないし。ここは海じゃなくて沼ですし。そもそも僕は陸の人間です」

「そんな冷たいこと言わんといて。三十分に一回キスせな死んでまうくらい、俺を必要としとるくせに」

「誤解を招く言い方は、やめてください」

「あー、来人、照れとる～」

「照れてませ………んんんんんっ！」

タイミング悪く、酸素切れだ！　苦しくて足をバタバタさせたら、手首をグイッと引っぱられ、腰に腕を回され、抱きしめられ、まつげが触れるほど間近で見つめられた。

「俺とキスせな死んでしまうて、言うて」

「うぅ……っ」

「言うて、来人」

言えと催促しておきながら、海皇神は来人の言葉を待たずに唇を合わせてきた。

言わずに済んで助かったから……では、ないけれど。

それはいつになく深く、優しく、穏やかな行為に感じられた。

来人は目を閉じ、されるがまま、海皇神から吹き込まれる酸素で肺を膨らませた。

「ん……っ」

唇の角度を変えて、もう一呼吸。酸素補給というより、海皇神の唇の感触を味わわされているような、まるで啄ばまれているような、確実にいつもより長いキス――……。

「これは、キスちゃうで？」

弾力を確かめるように数回甘咬《あまが》みし、海皇神が言い訳をくれる。

「もちろん……です」

「そやけど、キスと違たら、なんやろな」

意見を求められて、唇の先が優しく触れる。

「だから……酸素補給ですよ」

言葉を返して、また触れあう。

接する唇が、寄り添う頬が、重なるまつげが、くすぐったい。

いま、互いの舌先にタッチした。慌てて引っ込めてしまったけれど、追うようにして海皇神が顔を寄せてきたから、口を開いて迎えてしまった。

びちゃ……と、口の中で飛沫《ひまつ》が立つ。二匹の魚が遊ぶように、跳ねるように、楽しく互いをつつきあう。腰を抱かれていなかったら、まともに浮いていられないほど、気持ちがふわふわと覚束《おぼつか》ない。

「あと五分、補給しとこか？　ついでやし」

「そう……ですね。ついでですから……」

「そんな可愛いオーケーもろたん、初めてや。照れるわーもー」

「お……オーケーとかじゃなくて、かかっ、海皇様が、補給って言うから……っ！」

「それも、立派なオーケーやん」

「まぁ、そ……そうですけど」

応じる自分が恥ずかしい。まるで、されたがっているみたいで……そういった行為を期待していたというか、待っていたというか、なにかこう……求めているみたいで、困惑と恥ずかしさと……あとはなんだろう、わからない。

でも、とにかく心臓がどきどきする。腰に回されている腕や、頭を支えてくれる大きな手を、猛烈に意識してしまう。

来人は少しだけ体を離し、腰の接触を回避した。理由は、ちょっと言い訳の難しい変化が、体に訪れる兆しがあったから。

唇を触れさせたまま話しかけられて、首筋に淡い震えが生じる。

「なぁ……来人」

「……はい」

「可愛い声で、おねだりして」

「おねだりって……なにをですか？」

なにを要求されても、いまなら無条件に従いそうだ。鼓動を逸《はや》らせ、覚悟を決めて、海皇神の命令を待っていたら。

「キチュちてくだちゃ〜いって、言うてみて」

は？　と来人は目を丸くした。デレッと鼻の下を伸ばす海皇神をマジマジと見たら、呪《じゅ》文《もん》もしくは魔術がスルッと解けた。

来人は両手を海皇神の顎に押しつけ、ぐいっと押しやった。痛い痛い痛いと、海皇神が喉を反らせる。

「そういうのは、死んでも言いません」

「俺のヘソ、簡単に曲がるに？」

「おヘソあるんですか？　魚類なのに」

「海の神様ていうだけで、俺は魚類と違うもん」

「でも、どう見ても魚界の王様のような外見じゃないですか」

「これは魚類のコスプレ。郷に入っては郷に従えやに」

「コスプレなのに、魚の尻尾や鰓が生えたりするんですか？」

「神様やで、いろんな能力があるんですー。もー、いちいち疑問に思わんといてー。テンション下がる突っこみヤメてー。俺の好きにさしてー」

　拗《す》ねるように言って、海皇神が唇を突きだす。振り回されっぱなしも悔しいから、来人は「その顔、ヒッポくんそっくりですよ」と負け惜しみを言ってから、ぷちゅっと唇を押しつけた。

　すぐに顔を引いたものの、海皇神の両腕が来人の背に回っているため、距離感はたいして変わりない。それどころか、まるで喉をゴロゴロ鳴らして甘える猫みたいな仕草で、額や頬を擦りつけてくる。

「来人ぉ～」

「なんですか」

「ら〜い〜と〜」

「だから、なんですかっ」

「来人て、俺が思とったとおりの人間や」

「思っていたとおりって、僕たち、まだ会ったばかりですよ？」

「あ、そやった？　うん、そやな。そやけど……俺はずっと来人としゃべりたかった。どんな子かなー、しゃべりやすい子やったらええなー、来人を笑わせたり、来人をハグしたりしたいなーて思とった。ずーっと」

「……まぁ、したければ、すればいいですけど」

拒めばいいのに、つい笑って受け入れてしまう。だからますます調子に乗るのだ、海皇神が。

でもそれは決してイヤじゃない。それどころか、微笑みかけられると、すごく嬉しい。嬉しくて楽しくて、心がダンスしているような。

「海皇様って面白いですね。ギリシャ神話って、他にもたくさん神様がいらっしゃるんですよね？　皆さん、海皇様みたいにユニークなんですか？」

「オリュンポスの十二神のこと？　あー、ユニークなんは俺だけやな。他のは大抵、眉間《みけん》に深ぁいシワ刻んで、最強に厳《いか》めしい顔で、太い眉毛をぐいーて吊《つ》り上げて、雷みたいな声でガミガミ怒鳴る感じやな」

「神様だけに、ガミガミと」

「そう、カミの複数形やな」

思わずブーッと噴きだした。海皇神も爆笑している。額をくっつけ、押しつけあって、ひとしきり笑ったあと、見つめ返して、また笑った。

「ほんと、海皇様って面白いです」

「面白い神は俺だけやに？　他の神様には恋したらあかんに？」

「目の前の神様にも、とくに恋はしていませんよ？」

「うそやん。しとるて、その目ェは。さっきからずっと、黒目のとこがハートになっとるもん」

「ウソ。なってませんよ、まだ」

睨みつけて反論したら、海皇神が勝ち誇ったように目を細めた。

「まだていうことは、いつかは恋に発展するて認めたわけや」

アッと来人は口を噤んだ。恋の予約承りましたぁ〜と海皇神が声を弾ませ、グリグリと頬を擦りつけて、来人と手に手を取ったまま、水中でクルクル回転する。

ふたりを取り巻く細かな気泡が、ぽわぽわ弾んでピンク色に染まる。見れば気泡はハート型で、来人の頬を優しくつついたり撫でたりしたあと、可愛く弾けて水に溶けた。

違いますと否定したところで、海皇神に丸め込まれるのは目に見えている。もう諦めるしかなくて、来人は、「はいはい」と返事した。

返した声は、笑っている。楽しくて、可笑しくて、さっきからずっと笑っている。ふたりとも。

楽しいって、こういうことなんだ。好きな相手との会話の中に、「楽しい」はたくさん転がっているのだ。

「もう来人は、俺ナシでは生きていけへんな」

「それは水の中限定です。陸なら、じゅうぶんひとりで生きていけます」

「そやけど、このまま一生水の中で暮らすことになったら、絶対俺が必要やん」

「一生はあり得ないですよ。僕が水の中にいるのは、屋根の修理が終わるまでです」

「そしたら一生水の中やん。ヒッポくんが、すぐ壊すし」

「壊されないよう阻止しますから、大丈夫です」

「壊したれ〜て、嗾《けしか》けたろ〜」

「そうやって、すぐ意地悪を言う……うわっ！」

突如、体が持ちあげられた！

なにかに跨《また》がっている！　なにかって、たぶん、ヒッポくんに！

「うわわわわわーっ！」

来人と海皇神を背中に乗せたヒッポくんが、突撃体勢で水を進む。左右を守るようについてくるのは、イルカたち。そのスピードや動きはジェットコースター並みで、見開いた目を塞ぐことすら失念する。

来人が振り落とされないよう、うしろで支えてくれている海皇神が、前方に向けてシュッともものを投げる動作をした。すると周囲の気泡がライン状に集まり、孤を描き、一本の輝く「手綱」に変わる。

ヒッポくんの首にふわりと架かった泡の綱を手に、海皇神が「ハッ！」と爽快《そうかい》な檄《げき》を飛ばす。キュルルルッ！　と楽しげな声を発したヒッポくんが跳躍し、加速する。泳ぎ上手なイルカたちでさえ、ついてくるのが精いっぱいだ。

来人はヒッポくんの、たてがみに似た背びれを両手でつかみ、初めての「乗馬」に胸を躍らせた。

いつも湖畔の側道を自転車で走っているけれど、この解放感は自転車の比じゃない！

「すごい！　水中で乗馬しているみたいだ……！」

「そらそうや。タツノオトシゴは海の馬ていう別名を持っとるんやに？　ヒッポくんは海洋一の名馬なんやで、早て当たり前！」

「そうだったんですね！　ヒッポくん、ヒヒーンって鳴いてみて！」

「キュキュ――――ン！」

水の抵抗などまったく感じない。どこまでも爽快に、スムーズに、滑るような速さで進む。細かな気泡が頬を撫で、髪を滑り、一瞬でうしろへ飛んでいく。

眼下にはカラフルな珊瑚礁。手足が異様に長い蟹《かに》。岩の隙間から這い出てきたのは、カラフルなヒトデ。砂埃《すなぼこり》が立っているのは、砂に擬態したエイがいる場所。

小さな蟹も走っている。遠くでキラキラ光っているのは、クラゲたちか。海皇神のお出ましに、みんなが振り向き、会釈する。

小さいころに水族館で見た光景とは比較にもならない、広大で深くて豊かな水中の世界に、来人は心を奪われた。

背を丸め、プラモデル制作に没頭している時間も、もちろん好きだし充実している。誰にも文句を言われず、親にも誰にも迷惑をかけない、自分だけの大切な世界だ。

でも誰かと一緒にいながらにして、こんなにも自分を解放しているのは……こんなにも自由でいられるのは、いまが初めてだと思う。

「来人！」

耳元で名を呼ばれ、「はいっ！」と返した声が弾みすぎて、海皇神に爆笑された。

「楽しい？　来人！」

「はいっ！　すっごく、すっごく楽しいですっ！」

「海、怖ないやろ？」

「はい、怖くないです。前は怖かったけど、いまは全然！」

「海、好き？」

「好きです！」

「ほんとに？」

「ほんとです！　大好きになっちゃいました！」

肩越しに振り向いて力説したら、よかった……と海皇神が目尻を下げて笑ってくれた。

来人を抱く手に力を込め、そして………。

「その言葉、聞けてよかった」

「……海皇様？」

酸素は充分、足りているのに。

覆いかぶさってきた珊瑚色の唇の美しさと優しさと、もっといろいろな……甘いような酸っぱいような、嬉しいような切ないような、複雑な高揚感に背中を押され、来人は海皇神と唇を重ねた。

密着している唇が、もっと欲しがって吸いついてくる。ときめくような愛《いと》しい仕草につられ、来人も海皇神の唇を追いかけ、そっと嚙《か》みついた。

彼の唇が色艶を増す。だからたぶん……来人のも。

「来人」

「……はい」

唇が、くすぐったい。だけど、もっと触れていたい。

「大好きなんは、海だけ？」

「あ……、ここは海じゃありませんでした。沼でした」

「はぐらかさんと、ちゃんと答えて」

好き？　と訊かれたから、なにがですか？　と返したら、「また誤魔化したら、問答無用でキスするに？」と脅されて、とたんに顔が熱を持った。

「俺のこと、好きか嫌いか、どっち？」

「嫌いでは……ないです」

優美で幻想的で凜《りん》として荘厳な、じつに神々しい外見からは微塵も想像できない、甘えたがりで陽気な海皇神のことを、もっと知りたい……という気持ちをひと言でまとめたはずが、「なんやそれ」と苦笑いで却下された。

「俺は、どっち？　て訊いたんやに？　そんな答えでは、テストで丸はやれへんな」

「僕のことより……海皇様は、どうなんですか？」

「俺は来人のこと、めっちゃ好き。大大大好き」

大好きや……と耳元で囁《ささや》かれ、腰から力が抜けてゆく。これが陸の上だったら、きっと地面に倒れていた。

「来人は？」

「僕は……っ」

「好きか嫌いか。どっちかで答えて」

ここには倒れる地面がない。だからもう、誤魔化せないし、逃げられない。

「……どちらかと言えば――好き……かも、です、けど」

掠れた声で振り絞った勇気は、海皇神が、しっかりと唇で受け止めてくれた。

「答えても答えなくても、どっちにしても、キスするんじゃ、ないですか……っ」

「ええやん。俺らふたりとも、落ちてしもたていうことで」

「……沼に？」

「恋や」

これ以上の誤魔化しおよび照れ隠しは禁止とばかりに、唇が密着する。

強く吸われ、揉むように動かされ、そこから生じる心地よさに一切の抵抗心が消滅する。

来人の体から力が抜けたことを察した海皇神が、守るように強く抱きしめてくる。

「どうしよ。俺、来人に恋してしもた。ほんまもんの熱烈な恋」

「そんなこと……言われましても……っ」

「落ちて、来人も。……恋に」

「…………っ」

まさか出張先で沼に引きずり落とされて、恋にも突き落とされるとは。

日常はテンプレの繰り返しだと思っていたのに、じつは、こんなにも複雑だ。

人生って、先が読めない。

世界って、どこまでも広くて興味深い。


水中にいても、腹は減る。

理由もなく「空《す》かない」イメージを抱いていたが、実際にはかなり空いている。来人にしては珍しく、屋根の修理という肉体労働に励んだせいだろう。それと、休憩なしの水泳と乗馬と。あとは……予想外の鼓動の乱れと。

ということで、「そろそろディナーの用意できたに～」と微笑む海皇神にエスコートされ、竜宮城内のダイニングレストラン「珊瑚の間」へと来てみれば。

「うわ……！」

豪勢さに、顎が外れて戻らない。

「珊瑚の間」の名にふさわしく、空間は鮮やかな色の枝状珊瑚が交互に積み重なっていた。その隙間を行き来する魚たちも、水中にカラフルな模様を描いている。

「すごい……」

「そやろ？　すごいやろ？　嬉しい？　来人」

訊かれてコクコク頷いた。二度じゃ足りずに、四度も五度も頷いた。

色艶のいい立派な伊勢海老が一匹、ペコペコと頭を下げるように腰を曲げている。海皇神から「ここを仕切っとる女将《おかみ》さん」と教えられ、慌てて来人もお辞儀した。

さて、珊瑚の間の中央に並んでいるのは十台のテーブルだ。枝状の珊瑚を足台にして、巨大なシャコ貝がガバッと口を開けている。そこに直接、海鮮料理が「これでもか！」とばかりに盛られているのだ。

「うちの会社の社長が、夏に社屋の外でバーベキューをしてくれたんですけど……」

「うん？」

「鶏を丸ごと蒸し焼きにできる、フタつきのポータブル・ガスグリルがあって、すごいなーってびっくりしたことを思いだしました」

「要するに、シャコ貝がガスグリルに似とるて言いたいわけやな」

クスクス笑う海皇神から「セルフでどうぞ」と手渡されたのは、珊瑚を研磨した美術品のような箸と、シャコ貝製の取り皿だ。絵の具のパレットのように親指を入れる穴があるから、とても持ちやすい。

嬉々《きき》としてシャコ貝のテーブルと向き合うと、最初に目に飛びこんできたのは、熱々の海老の天ぷらだ。水中なのにジュウジュウと油の弾ける音がして、湯気まで立ち上っている。

塩派？　天つゆ派？　と訊かれ、塩派ですと答えたら、俺も～と海皇神がぴょこぴょこ飛び跳ねた。そして天然塩や岩塩をはじめ、トリュフ塩やら竜宮城オリジナルだという昆布塩を小皿に用意してくれながら言うのだ。

「揚げ物には、粒の細かい塩がよぉ合うに。このパウダーみたいなやつ試してみて」

勧められるままに口にすれば、じつに素晴らしい相性だ。美味《おい》しい美味しいと、それしか言葉が出てこない。

海老に続いて、来人は貝柱にも手を伸ばした。海皇神が選んだのは穴子だ。ひとくち食べて「ふっかふかー！」と叫び、「来人も食べてみ」と口元に差しだされ、恥ずかしながらアーンと口を開け、熱々のそれに歯を立てた。

「わ！　ふわっふわですね！」

「やろ？　口の中でふわーって身ィが溶けるやろ？」

「身の軽さも絶妙ですけど、パウダー状の軽い塩が、サクッとした衣の歯触りに合いますね。程よい油分と塩が口の中に広がって、白身の甘さを一瞬で引きだしてくれます」

グルメレポーターかと突っこまれ、顔を見合わせて爆笑した。でも、このワクワク感を言葉に代えて共有せずにはいられないほど、美味しくて嬉しくて、楽しい。

「一緒に食べると、美味しさ二倍やな」

「ほんとですね。食事中にしゃべるのは行儀が悪いって言われて育ったんですけど、これは黙っているのが勿体ないです」

「わかる！　その気持ち、めっちゃよーわかる！　これも食べて、あれも食うてて、つい勧めたくなるんさ」

そうそう！　と声を弾ませて共感する自分に、ああ……と納得した。そういえば、こんなふうに誰かと食べること自体が久しぶりだ。

平日は大抵、会社の給湯室でカップラーメンを啜《すす》っている。外回りのときは自転車で駅前のコンビニへ立ち寄り、おにぎりやパンを買って、ベンチに座って腹に収める。そして夜は、コンビニ弁当もしくは冷凍食品で済ませている。休日も、しかり。

社長が食事に連れていってくれることもあるが、ごく稀《まれ》だ。職種柄、仕事帰りに立ち寄ってくださるお客様を、物件へご案内して回ることが多々あるため、社員全員が定刻に揃うことは、ほとんどない。

「しゃべりながら食べても、いいよね……？」

いいんだよ、と来人は自分で自分に返し、またひとつ「自由」を手に入れた。

そして海皇神の真似をして、海鮮かき揚げにふわふわの塩を振ってから、海皇神の口元に差しだしてみた。

目尻を下げた海皇神が、大きな口を開けてガブリと噛みつく。もぐもぐと美味しそうに頬を動かす海皇神を真似て、来人も口いっぱいに頬張った。「うまーい！」と声が揃うだけで、美味しさも笑顔も十倍増しだ。

「イカとタコのダブルなんて、最高に贅沢なかき揚げですね。そのうえ衣は、タコ墨とイカ墨入り。見た目が真っ黒で楽しいです」

「これ考案したん、ヒッポくんなんさ。自分がシメたイカとタコの命を無駄にしたらあかんていう後悔から生まれたメニューやな」

「後悔と言われてしまうと、彼らの人生の苦みが、口の中に広がります……」

しんみりしかけた気持ちを振り払って隣のシャコ貝へ移動すれば、こちらは鯛の活《い》け作りだ。まだピチピチと尾が跳ねている。竜宮城ならではの新鮮さに、食欲が瞬時に回復する。

コレは岩塩がお勧めやに～と勧められ、最高のコラボで鯛の甘みを堪能《たんのう》した。

「僕、刺身には目がなくて。大好物なんです」

「そうなん？　そしたら……」

海皇神がピイッと指笛を鳴らすと、活きのいい魚が二十四、来人の目の前に整列した。魚と真正面から向き合う機会はほとんどないから、ジーッと無言で見つめられると、ちょっと怖い。

「食べたい魚、この中から選んでええよ。左から順に紹介するわ。鯵《あじ》、鮎《あゆ》、鰯《いわし》、鰻《うなぎ》、鰍《かじか》、鰹《かつお》、魳《かます》、鰈《かれい》、鱚《きす》、鯖《さば》、鰆《さわら》、鱸《すずき》、鯛、鯰《なまず》、鰊《にしん》、鮃《ひらめ》、鰒《ふぐ》、鰤《ぶり》、鮪《まぐろ》、鱒《ます》や。みな喜んで、その場で刺身になってくれるに」

「うわ、そうなんですか？　それはきっと美味し……」

喜んで魚たちを見て、ギクリと竦んだ。

「来人、いまギョッとした？　魚だけに」

「……すみません。いま、冗談を受け止める余裕がありません」

いくら相手が魚でも、一度しっかり見つめ合った相手に「僕のために死んでくれ」と命じるのは気が咎《とが》める。

それなのに魚たちは自分の運命を知りながら、整列して指名を待っているのだ。瞬きを知らない魚たちの目は、喜ぶどころか悲しみの涙で潤んでいるようにも見えて、来人の良心がズキズキ痛む。

次のシャコ貝の上に並んでいる小皿も……ほら。

「この鰺のたたき、とてつもなく新鮮ですよね。皮を剝いだあとが銀色にキラキラ光っているし、叩かれてもなお、身がぷりぷりしているのがわかります。食べる前から弾力が伝わってきて……でも僕いま、すごく複雑な心境です。このご馳走《ちそう》に手を伸ばしたが最後、自分が血も涙もない冷血漢になってしまうような気がして……というか、すでにもう、鰺の家族の絆《きずな》を引き裂いてしまった罪悪感でいっぱいです」

「そんな言い方したら、こいつらを平気で食う俺が、血も涙もない悪魔みたいやん」

「みたいじゃなくて、悪魔でしょうが」

ほら、と来人が指した先では、私の子を食べないで～と鰺の母が号泣している。そのうしろで抱きあって泣き崩れているのは、鰺の親族御一同。

「この状況で、食べられます？」

僕には無理ですと訴えたら、「美味しいうちに食うたるのが、優しさであり恩返しやと俺は思う」と偉そうに言われ、目の前でパクリと食べられてしまい……。

「んーっ！　ほっぺた落ちる！　たたき最ッ高！　女将さん！　伊賀米《いがまい》、炊けとったら持ってきてー！」

海皇神の命令を受けて、ビョンッと跳ねた伊勢海老の女将さんが、数秒でビョンッと戻ってきた。その手には丼。湯気の立つ、ほかほかの白飯だ。

受け取った海皇神が、そこに鰺のたたきをがっつり載せ、しょうゆを垂らし、箸を突き立ててガツガツと口に押し込む。「三重の米と魚は、相性バツグンや～」と大絶賛中の海皇神のうしろでは、先ほど泣いていたはずの鰺の母が、ひとつ大きな仕事を成し遂げたような清々《すがすが》しさで、前鰭で目尻を拭っている。

「まぁ……確かに、きちんと成仏させることが、僕たちに課せられた使命ですよね」

無理やり自分を納得させていたら、伊勢海老の女将さんが、今度は火のついた炭を運んできた。なぜ水中で炭に火がつくのかは、もう問わない。そんな矛盾を言いだしたら、この世界は成り立たない。

「炭火で焼いた帆立にな、たまり一滴垂らしてみ。美味《うま》すぎて、ほっぺた落ちるに」

「たまりって、なんですか?」

「たまり、知らん? 醤油《しょうゆ》の濃いヤツ。伊勢のたまり醤油は、魚貝によぉ合うんさ。めっちゃ美味いで~? 帆立、百杯食えるで?」

焼かれるのを待って待機していた帆立たちが、ピャー! と口々に泣き叫ぶ。海皇神がパタパタッと鰓を畳み、帆立の悲鳴をシャットアウトし、女将さんに顎をしゃくる。

「焼け」

なんと非情な命令だろう。でも、焼いてほしい。ぜひ食べたい。

女将さんが涙を拭いながら、金網に帆立を並べてゆく。意地でもフタを開けるものかと、二枚貝をぴっちり閉ざす帆立たちだが、ほどなくして貝の合わせ目から、プツプツとあぶくが吹きだした。

ついにフタがパカッと開いて……もう彼らの悲鳴は聞こえない代わりに、至福の香りが周囲に広がった。水中なのに。

どうぞ、と女将さんが皿に載せてくれた。サッと来人に背を向け、曲がった背を震わせて、悲しみを耐えている……と思いきや、ビョンッと厨房《ちゅうぼう》へ飛び、次の料理を運んでくる。気持ちの切り替えは、かなり早い。さすがプロ。女将の鑑《かがみ》だ。

「こんなに切なく尊い気持ちで帆立と対峙《たいじ》するのは、初めてです」

「構へん、構へん。ひとくちで食うて」

「はぁ……」

盛りつけも美しく、貝の下に塩が盛られて立体的だ。たまり醤油も周囲の水に溶けることなく、目的の帆立にとろりと濃い艶を落とすのが不思議でならないが、ひとまず箸に取り、口に押しこんだ。海皇神がキラキラと目を輝かせ、来人に同意を求めてくる。

「な？　美味いやろ？」

「はい！　すっっっっごく美味しいですっ！　こんなにも大きくて、柔らかくて、甘みのある帆立を食べたの、僕、初めてです！」

「いま女将さんが、来人にお礼言うたに。お腹の中に埋葬してくださって、ありがとうございますーて」

「勝手に墓場にしないでください」

舌鼓を打ったり、ゲンナリしたり、感情が揺さぶられて大忙しだ。

「帆立でも蟹でも海老でも、鰤でも鮪でも鮭《さけ》でも、なんでも好きなもの言うてな」

「鮭まで揃うんですか？　生息域、どうなってるんですか？」

「どうって、なんで？　地上の水は大地を通して、みな海に繋がっとるやんか。地球の海は俺が支配しとるわけやから、みんな仲良しでええんちゃうの？」

「ええんちゃうのと訊かれましても……」

神様がＯＫしているのだから、人間ごときが意見する筋合いはない。来人は帆立をお代わりしながら、「みんな仲良し」に納得した。しておかないと頭が混乱する。

「魚だけと違うに？　生きとし生けるもの全部や。命があるていう点では、みんな一緒や。みんな地球生まれやろ？　川の生き物とか海の生き物とか、陸とか空とか……そんなん地球単位で仲間分けしたら、全部一緒のグループやん」

「一緒のグループ……ですか」

ははは……と乾いた笑いが漏れる。海皇神の視野はグローバルどころの話ではない。もっと、もっと、広くて大きい。

そやろ？　と同意を求められ、「いま気づきました」と、淡い感動に苦笑を添えた。

「地球を単位として考えたことが、なかったから……」

「なかったから、なに？」

「すごく不思議な気分です。なにも変わっていないはずなのに、肩の荷を降ろしたような、解放されたみたいな……、そんな感じです」

淡水海水問題どころか、不思議現象のメーターは現時点で完全に振りきっている。だからもう、ちょっとやそっとじゃ驚かない。

「海皇様」

「なに？」

「海皇様のうしろに、宇宙が見えます」

　ありがとと、と笑った海皇神に、「どういう意味か、よぉわからんけど」とまとめられ、来人は小さく噴きだした。

「ブラックホールみたいだってことです。果てしないというか、先が読めません」

「そうなんさ。ここは、底なし沼なんさ」

「あれ？　海じゃなかったんですか？」

　やり返してニコッと笑い、「些細なことで悩むのは、もうやめますね」と返すと、「悩む時間があったら、美味いもん食お」と手を引かれた。

「あー、これこれ。次はこれや。メンダコの三段串団子《くしだんご》。メンダコの腹の中にな、タコの擂《す》り身が詰めてあるんさ。はい、どうぞ」

　串を渡され、ありがとうございますと受け取って、熱々のうちに齧《かじ》りつく。

「ん〜っ！　プリップリですね！　中は薩摩揚げっぽいですけど、もっと擂り身の素材感があって漁師的っていうか……どう表現したらいいんだろう。食べ歩きにピッタリですね。屋台で売っていたら、並んででも買いますよ」

「ほんと？　嬉しいなぁ。来人に食べさしてやりたいもの、まだよぉけあるんさ。明日は鱈子《たらこ》と筋子を熱々ご飯に載っけて、海苔《のり》で巻いて……」

うっとり呟く海皇神の肩に乗り、伊勢海老の女将さんが忙《せわ》しなく水を掻く。

「いま女将さん、なに言うとるかわかる？」

「明日の朝も、楽しみにしててねー、ですか？」

「あたり。来人も、だいぶ水の生き物の気持ちがわかってきたみたいやな。これだけ意思の疎通ができたら、余裕でここで暮らせるな」

せっかく、夢心地だったのに。

いまのひと言で「現実」を思いだし、ごく普通の人間・水上来人に戻ってしまった。地球規模の視点を常に持ち続けることなど、自分には到底、無理な話だ。

箸と皿をシャコ貝のテーブルに戻すと、横から顔を覗きこまれた。

「どうしたん？　来人。腹でも冷えた？」

黙って首を横に振り、浮かれた気持ちに線を引いた。

「僕は人間です。ごく普通の」

「……それが、なに？　なんか問題でもある？」

「人間ですから、水中では暮らせません。屋根の修理、明日中になんとかしますね」

海皇神の表情が固まった。純粋というか素直というか、じつに感情表現がストレートだ。

虹色に光る鱗も、うっすら陰りを見せている。

来人の心も静かに閉じる。朝から晩まで誰とも話さずプラモデルを作っているときのように、目の前にある現実だけを瞳《ひとみ》に映すのだ。楽しい時間に惑わされて感覚が麻痺《まひ》する前に、ルーティンワークに戻らなければ。

「俺、なんかした？」

「いえ、なにも」

「水の中、楽しない？　俺とおるの、つまらん？」

すごく楽しいですと本音を告げるのは、憚《はばか》られた。言えば、迷いが生じてしまう。かつて経験したことがないほど楽しいから、陸へ戻る理由を見失ってしまう。

「……役目を終えたら、いつもの場所へ戻らなきゃ」

「戻らなきゃて、そんなこと誰が決めたん？」

「誰……って、べつに、誰ってわけじゃないですけど、それが一般常識というか……」

「一般常識て、誰が決めたん？　来人の人生やで、自分の好きにしたらええやんか」

心底不思議そうに訊かれ、来人はかすかな苛立《いらだ》ちを覚えた。

自分は人間であって、魚じゃない。神様でもない。人間には生活がある。生活をするために、やらなければいけないことがたくさんある。それに来人は会社員なのだから、会社に不義理をするわけにはいかない……と思うくらいには真面目だから、海皇神と同じ価値観を保つことは難しいのだ。環境的にも、性格的にも。

「なんで、って……、こっちが訊きたいですよ。誰だって自分の生活がある。家に帰るのは当然です」

「そしたら、ここを来人の家にしたら？　一緒に暮らそ。な？」

「だから、そういうのは無理ですって」

「人間時間でいうたら、まる一日経っとるに？　普通に暮らせとるやろ？　なんにも無理と違うやん」

「普通に暮らしていられるのは、酸素補給のおかげです」

待って、と海皇神が眉を寄せた。そして来人をジッと見る。

「来人、言うたよな？　俺のこと好きて」

「あれは、海皇様が……っ」

「言わせたて言いたいわけ？　俺は来人が本音を言えるよう誘導しただけや。好意を持った者同士が唇を重ねたら、それはもう酸素補給と違て、キスやろ？」

「違います！」

否定した声は、思いのほか鋭かった。目を瞠《みは》る海皇神から顔を背け、来人は下唇を噛みしめた。

ヒッポくんの背に乗って、確かにふたりは口づけた。ロマンティックだったし、幸せだったし、自分でも彼に惹《ひ》かれているという自覚はある。でも……。

「確かに好きだって……言いました。キスもしましたけど……」

「けど、なに？」

「そういう議論をする以前に、住む世界が違いすぎます」

はぁ？　と、海皇神が大袈裟に両腕を広げた。外国人がよくやる「ホワイ？」のポーズだ。

「住む世界が違うんやったら、同じにしたらええだけやん。時間をかけて、これから一緒に……」

「できませんよ、そんなこと」

「なんでできへんて決めつけるわけ？　やってみなわからへんやないか。挑戦することに、なんか問題でもあるわけ？　俺らの恋愛に支障がでるわけ？」

「だから、僕たちの間に恋愛という概念は成立しません。好きだとしても……それは、その瞬間の気持ち。それだけです。なにかを始めたかったわけじゃありません」

「そんなん言うとったら、いつまで経っても始まらへん！　俺は宇宙！　ブラックホール！　来人がそう言うたんやに？　狭い視野で見ようとせんと、もっと大きい目で見てくれよ！　やる前から諦めるんと違て、やってみて、あかんとこ見つけたら工夫して、修正したらええだけやん。来人がトイレ欲しいんやったら、作るし！」

「……どうしてここで、トイレ？」

「いっこいっこお互いが住みやすいように改善してったらええやろ～ていう話っ！」

イライラと髪を掻きあげた神皇神が、「思いだして、来人」と悲しみの表情で訴える。

「乗馬デートの最中に、俺ら気持ちが通じたよな？　それでええん違うの？　他になにが必要？　自然にキスしたいていう気持ちになって、自然に好きになって、もっとお互いのこと知りたい、一緒におりたいていう気持ちになっ……」

「あれは酸素補給ですっ！」

目を吊りあげて、来人は話を断ち切った。

海皇神の口から出るセリフは、理想的だ。いわゆる夢物語だ。

大半の人間は知っている。コツコツ働いて、税金を払って生活して、地道に寿命まで生きて……寿命が来たら死んで墓に入るのが人生だと。海や空に散骨でもいいけれど。

ごく一般的な人間は、ものを測るときに地球を単位になどしない。そんな大きな視野で考えたりしない。大半の人は目の前の小さな仕事に取り組み、手の届く範囲でコツコツ日々を積み重ねて暮らしているのだ。

神話の中の存在と同次元で物事を考えること自体が、そもそもおかしい。

「たとえ地球単位で仲間分けしても、海皇様と僕は、同じグループじゃありません。無限の命と、限りある命。これは大きな違いです」

「なんできっちり分けてしまうの？　意地でも俺とは恋愛したないわけ？」

「そうです。海皇様だって、僕の世界へは来られませんよね？　僕と同じようにマンションの一室に住んで、毎日会社で働けますか？　無理ですよね、どう考えても」

できないことがわかっているのに、当てこすりのように言ってしまった。いまの来人は目の前にいる海皇神以上に、顔を歪《ゆが》めていることだろう。

「俺とキスしたこと、間違いでしたーで済ましたいわけ？」

「……っ」

訊かれても言葉にならず、来人は無言で、前髪を何度も掻きあげた。

箸の先で唇をつついていた海皇神が、黙ってそれを箸置きに戻した。そして、「太郎と一緒やな、来人も」と寂しそうに呟いて床にしゃがみ、「すぐ戻るわな～いうて出ていって、二度と戻ってこやへんだ太郎と一緒や」と、両脚を抱えこんだ。

やがて美しい長髪が頭上に長～く伸びたと思いきや、クルクルとソフトクリーム状に蜷局《とぐろ》を巻いて、海皇神の全身を包み込んだ。覗いているのは、虹色の鱗の爪先だけ。

その外観は、どこから見ても巨大な巻き貝だ。自分の殻に籠もりましたという主張だろうか。鰓を畳むより明確な拒絶を示されて、来人は肩を落とした。

わかり合うのは難しい。傷つけたくないのに、うまくいかない。だからひとりのほうが気が楽だ……と思うそばから、海皇神と一緒に過ごす楽しさを知ったいま、ひとりは寂しいと気づいてもいる。

「そもそも海皇様は、どうしてこの沼に閉じ込められているんですか？」

「誰が閉じ込められたて言うた」

「だって……幽閉されたって、口を滑らせたじゃないですか。一体誰に幽閉されたんですか？」

「幽閉した相手は言いにくいけど……幽閉する決定を下したのは、俺の弟」

「弟って、弟さんも神様ですか？」

「ゼウスや」

聞いたとたん、顎が外れた。

神話にさほど明るくない来人でも、ゼウスの名くらいは知っている。

たしか全知全能の神のはず。いま手元にスマホがあれば、ゼウスについて検索し、事実確認するのに。でもウソをついている顔には見えないし、つく理由もないから真実なのだろう。なんてこった。

「ということは、海皇様は、弟であるゼウスを怒らせたというわけですか？　どんな悪さをしたのか知りませんけど、そういうときは早々に謝ったほうが……」

「悪さて……べつに、いまでも後悔してないし、悪いことしたと思てへんもん」

「どんな罪を犯したんですか？」

「……俺以外のオリュンポス十二神全員に、アウト〜！　て親指を下向けられる罪」

「だから、その詳細を教えてくださいよ」

遠慮も忘れて問い詰めたら、「めっちゃキスしておきながら、恋愛感情ありません〜サヨウナラ〜て去っていくような薄情なヤツに、そんな深い話、したないわ」とやけくそ気味に拒まれ、「そりゃそうですね、失礼しました」と、こちらも負けずに突き放した。

「幽閉されて、何年でしたっけ」

気を取り直して訊ねると、巻き貝の隙間からニュッと右手が現れて、Vサインの次に、OKサインをしてみせた。二十年ということか。

ふぅ、と来人は肩を落とした。神様にとっての二十年は短いかもしれないが、これが人間だったら懲役にして二十年。かなりの大罪だ。

そりゃ、ひねくれたくもなりますよね……と呟いたら、それは暗に、俺がひねくれとるていうことかと、可愛げのないひねくれ方をされて閉口した。

「悪いことをしていないっていうその態度が、反省が足りないって思われているのかもしれませんよ？」

「……俺は悪ない。絶対に」

巻き貝の巻目が細く開いた。そこからこちらを見あげている目は結構な迫力で、強い意志が漲《みなぎ》っている。譲歩する気はないらしい。

「海皇様がそこまで言うなら、間違ってないってことでいいですよ。……たぶん」

巨大な巻き貝状の海皇神の前に身を屈《かが》め、片膝をついた。勢いに任せてぶつけてしまった感情への反省と謝罪もこめて、来人は優しく呼びかけた。

「僕、もう行きますね」

「行くて、屋根の修理に決まっとるよな？」

棘のある言い方に、胸の奥がチクリと痛む。

「一度会社へ戻って、業務報告書を作成して、依頼人にも山の現状を報告してから、また来ます。仕事をしないわけにはいかない人間の事情もわかってください」

蜷局の隙間から、海皇神が来人を睨みつけてくる。

「業務報告書て、なに書くの？　誰にどういう報告をするわけ？　山で海水浴して、魚介類たらふく食いました〜て報告するの？　それで人間が興味本位の好奇心丸だしでドッと押し寄せて、来人が竜宮城の屋根を壊したみたいに、俺の住処《すみか》を荒らすわけ？」

「そんなことしませんよ……」

「来人がせんでも、他の人間がするやん。土とか投入して埋め立てて、木ィも片っ端から伐採《ばっさい》して、山を潰《つぶ》してレジャー施設とか作りたいわけやろ、人間は。そういう仕事に、さっさと戻りたいわけやろ、来人は」

咎められ、所在なく髪を掻きあげた。改めて言われると、返す言葉もない。

確かに社長も言っていた。大型商業施設を誘致できる土地だったら儲けものだと。

来人も、そのつもりでいた。山の持ち主が手放したがっている以上、この山を潰すことに疑問はなかった。そこに棲《す》む命を想像したことがなかったから。

「最初はそのつもりでしたけど……」

「けど、なに？」

「ちゃんと報告します。この山は、現状維持すべきだって」

「現状維持するためには、相応の理由が必要やん。そんな理由、どこにあんの？」

険しい口調で返され、来人は唇を引き結んだ。

理由なら、ある。この山の沼の底には、無数の命が棲んでいる。それよりなにより、ここには海皇神がいる。それが最大の理由だ。

でも……だから、ストレートに業務報告書に綴《つづ》ったとしても、来人が体験した事象の説明は難しい。正直に書けば正気を疑われるか、もしくは海皇神の言うとおり、興味本位で人々が押し寄せるだろう。

来人が落としたアックス程度では済まされない「調査」や「スクープ」という名の破壊行為がスタートするのは目に見えている。

「えっと……、たとえばですけど、遺跡が発見されたってことにして、埋蔵文化財包蔵地として認められれば、工事車両の進入を永年的に止められると思います。海皇様の力で、遺跡をこの山に移せたら……の話ですけど」

「そうなったら、今度は専門家らが斧持って、山肌をコツコツ削りにくるで？」

一緒のことやん……と鼻息で一蹴した海皇神が、蜷局の隙間をピタッと閉じて、来人との会話を遮断する。来人は沈む心を励ましながら、提案を続けた。

「じゃあ、形だけでもいいですから、とりあえず弟さんに謝罪して、許してもらって、ここから出してもらうというのは……」

「そんな形だけの詫《わ》び入れやんでも、来人が帰らんだらええだけの話やん」

「逆ですよ。僕が帰らなかったら、この山に捜索隊が入ります。……そうだ。今度は社長も一緒に連れてきます。うちの会社の社長、口は悪いですけど人情に厚くていい人なんです。海皇様の存在を知ったら、この山を守るって言うはずです。だから……」

「来人も、卑怯《ひきょう》な人間のひとりやな」

え？　と来人は目を丸くした。そんな言葉を投げつけられても、ピンとこない。

だから返答に遅れただけなのに、来人のわずかな絶句を海皇神が誤解する。美しい髪の蜷局をスルリと解いて立ちあがり、「やっぱりな」と、これみよがしに口元を歪め、来人を見おろす。

「俺が人間と違うでやろ？　そやで、別れることに心が痛まへんのやろ？　楽しい時間を過ごすだけ過ごして、そしたら自分は自分の世界へ帰りますー、ほなサイナラ〜て、勝手すぎるやん！　海で散々遊んでおきながら、浜にゴミ捨ててくのと同じことやん。都合のええときだけ好き好き言うて、結局こっち側の気持ち、なんも考えてないやん」

「考えてますよ、ちゃんと……――んんっ」

　いきなり伸びてきた両手に頭をつかまれ、引き寄せられ、唇を押しつけられた。勢い余って倒れたら、のしかかられ、両手首を押さえつけられ、無理やりキスを迫られた。

「ちょっ……、ん……っ！」

　荒々しくて、強引で、乱暴で、抗っても力を弛めてくれなくて。いつものような息を吹き込む「酸素ボンベ」でもなければ、乗馬デートのときとも違う。全然違う。

　怒りで顎をつかまれ、苛立ちのままに口を開かされ、舌を含まされて狼狽えた。入ってきた舌が予想外に柔らかいことと、自分の舌が外部からの接触に対してひどく敏感だったことを同時に知らされ、背筋にザワッと波が立つ。

「ぅん……っ」

　逃げようとしたら膝で足を押さえつけられ、さらに強く貪《むさぼ》られた。吸われすぎて、唇も舌も痛い。突然の乱暴に鼓動が追いつかず、脈が早すぎて息が乱れる。

　来人は腕を突っ張らせ、荒っぽい行為を拒絶すべく顔を背けた。刹那、歯がぶつかって痛みが走る。唇が切れたかもしれない。

　海皇神が身を起こす。来人に跨がったまま、乱れた髪を直しもせず項垂れる。

「やっと会えたのに……」

「やっとって、妙な言い方しないでください！　仕事で来ただけですよ、僕はっ」

感覚のズレを修正するつもりで返したのに、「違う。来人は会いに来てくれたんや、俺に」と一方的に決めつけられ、またしてもしがみつかれた。

そんなふうにされると、来人だって切ない。他人からこんなふうに求められたのは初めてだし、ここまで気持ちを揺さぶられた経験は一度もないから。

思い返せば、就職活動時。毎日のように否定のジャブを食らっていた。もっと自分を主張しろとか、ボランティア経験も留学経験もないようでは、どこへ行っても不採用だとか……。初めて会う面接官からボロクソに言われた。

単位取得に必要な勉強しかしていない学生は、企業の人事課に言わせれば消極的で意欲が足りず、チャレンジ精神に欠けるため、「欲しい人材ではない」らしい。

不採用通知が二十社を超えたとき、来人は自分の心にバリヤを張った。僕にはハードルが高すぎたとか、最初から向いていなかったとか、この会社はそこまで入りたいわけじゃないとか……あらかじめ逃げ道を用意しておかなければ、怖くて次の「通知」を開封できなかった。泳ぐ前から、泳げない言い訳を口にするときの、自滅的な不安とよく似ていた。

そんなときは作りかけのプラモデルに手を伸ばし、心を無にして作業した。プラモデルの世界では、丁寧にコツコツ継続しさえすれば、いつかは必ず完成したから。とくにお城のプラモデルは楽しかった。中に住む城主を思い浮かべ、人々が廊下を行き来する音を想像すれば、小さな国を創りあげたような達成感を味わえた。

就職浪人も覚悟していたある日、家にやってきた新聞の勧誘員から西武ドームの観戦チケットをプレゼントされた。

両親はそれぞれ「埼玉まで一時間はかかる」やら「帰りが遅くなる」などの理由をつけて、はじめから行く気はない。でも来人はどうせヒマだし、プラモデルのパーツも買いたいし……と、都心から電車を乗り継いで西武球場駅に到着した。その直後、あまりにも運悪く、集中豪雨に見舞われた。都内を発《た》つときの予報では、雨マークなどなかったのに。

おまけに、「電気系統の故障により、試合開始時間の見通しが立たない」とアナウンスが入り、来人は観戦を早々に諦めて踵《きびす》を返した。だが駅構内は、球場に入れなかった観客たちで大混雑だ。仕方がないからファミレスでお茶して時間を潰そう……と、人の波とは逆方向に移動した際、通りに面した小さなビルの一階に、社員募集の張り紙を見つけた。

どうせ不採用だという諦めと、雨に濡れたくないという事情と、時間が余っているという状況が開き直りを呼び、気づけば「日和不動産」のドアをくぐっていた。

いらっしゃい、と迎えてくれた恰幅のいい男性に、いつも数通ほど持ち歩いている履歴書を何気なしに手渡した。……いま思えば、よくそんな大胆な真似をしたなと驚くが、当時はいろいろ麻痺していたし、自分に対して投げやりだったのだ。

その男性は来人の履歴書にザッと目を通しただけで、「採用」と笑った。あのときは、心臓が口から飛びだすかと思うほど驚いた。

『僕、車の免許を持っていないんですけど……いいんですか？』

『自転車には乗れるか？　だったら最初は近隣を回ってくれ。今月ひとり退職なんだが、ソイツがこの界隈《かいわい》の担当だったんだ。こりゃ神の思し召しってヤツだな。助かるよ！』

……そう歓迎してくれながら差しだされた山岡社長の、右手の厚みと温《ぬく》もりは、いままでも大きな安堵となって、来人の記憶に残っている。

「……会社という組織に属している以上、そこでの役割や責任もあります。社長には恩も感じていますし。だから、帰らなきゃ」

来人は海皇神を見あげ、はっきりと言った。雇ってくれた会社に対し、不義理だけはしたくない。海皇神に会えたのも、もとはと言えば日和不動産のおかげなのだから。

「海皇様はひとりじゃないです。ヒッポくんやオニダルマ組の皆さんや、伊勢海老の女将さんや……たくさん仲間がいるじゃないですか」

「あいつらと来人は、違う。俺は来人がええ。行かんといて、来人」

「……行っても、またすぐ戻ってきます」

「そんな保証、どこにもあらへんやん」

「だったら書類に判でも押しますか？」

「そんなもん、なんの役にも立たへんわ」

とりつく島のない態度に困惑しながらも、来人は真摯《しんし》に説得を続けた。

「僕は社会人として、当然のことを言っているだけです。なぜ連絡を入れないんだって、社長はきっと怒っています。中途半端な仕事をしたら、依頼人にも顔が立ちません。これは人間界のルールです。僕には海皇様みたいに、掟《おきて》を破る勇気はありません」

「俺かて、破りたくて破ったわけと違うわ」

「でも、ウソはついてますよね？」

ウソ？　と目を丸くする海皇神に、ええ、と来人は頷いた。

「浦島太郎さんの物語は、日本人なら誰でも知っています。……太郎さんが竜宮城で遊んで暮らしている間にも、人間界の時間は当たり前のように進んでいるんですよね？　アックスを巨大化させたのと同じで……僕をここに留《とど》めておくために、人間の時間は止まっているって、ウソをつきましたよね？」

「………そこは気づいたらあかんとこ」

気まずそうに口元を歪める海皇神に、来人はため息で抗議を示した。

「いくら神様でも、ウソはダメです。不動産業界では、たまに『この物件は大人気で、いまが買い時です！』とか、売らんがための誇張も必要としますけど……ウソは犯罪です。クレームに繋がります。人に迷惑をかけます。社長が捜索願を出す前に、戻らせてください。山に人が押し寄せて大騒ぎになったら、困るのは海皇様でしょ？　太郎さんの時代とは事情が違うんです」

「神を脅迫するわけ？」

「脅迫って……、そんなふうに受け取らないでくださいよ」

海皇神の声が、ますます陰に籠もる。

「俺のこと、嫌い？」

「そういう話じゃないって、何度言ったらわかるんですか！」

苛立ちが声に出てしまった。海皇神が目を瞠り、スッ……と離れる。

そして投げやりな表情で顎を振り、頭上を示した。

「竜宮城の屋根を蹴って、上へ向かったらええよ。いまのキスで、酸素はじゅうぶん補給できたはずやし」

「…………社長に連絡を入れて、東京へ戻って調査報告書を提出して……依頼者にこの山の状況をお伝えして、手放すことが決定したら、土地の権利の移行手続きに入ります。権利書が手元になければ、税務署へ取りに行っていただいて、それを受け取って……」

「……全部で、どのくらいかかる？」

訊かれて来人は、えっと……と前髪を掻きあげた。その場しのぎのウソはつきたくないから、発生すると思われる業務の量と手間を頭の中で計算して、「最短で、二週間でしょうか」と正直に伝えた。

ポカンとした海皇神が、やがて「ははっ」と、とってつけたように笑った。

「二週間て、月の半分やろ？　そんなに長い時間、なんで必要？」

「必要ですよ。人間には物事を進めるうえで、なにかと煩雑な手続きがあって……」

「距離を置いて時間を稼ぐための言い訳やな」

「違いますよ！　どうしてそんなふうに捉《とら》えるんですかっ！」

「好きやから、行かせたないだけや！　二度と会えへん寂しさを知らんやつに、あれこれ言われたないわっ！」

勝手にせえ！　と、海皇神がそっぽを向いて水を蹴り、珊瑚たちの間を抜け、竜宮城から出ていってしまう。

「今日一日の出来事なん、二週間も経ったら忘れるわ。交わした約束も……、またすぐ戻るて言うたことも、借金踏み倒すみたいに簡単に反古《ほご》にするんやろ！」

「借金を踏み倒すのは簡単じゃないと思いますよ？　踏み倒したことがないからわかりませんけど」

「もうええ！　もう知らん！　勝手にせぇ！　さっさと人間の国へ帰れ！　アホ！」

子供のケンカの捨てゼリフを来人にぶつけ、海皇神がどんどん竜宮城から遠ざかる。やがて海皇神は、暗い水の向こうに消えてしまった。

神様の放つ光は、もう見えない。見えないほど遠くへ去っていったのか、それとも光る意欲を失って、巻き貝になって、そのあたりに転がってしまったか。

「捨てるなって言いながら、海皇様だって僕を見捨てるじゃないですか……」

と、文句のひとつも言ってやりたいが、それは来人の身勝手だ。

べつに、つきあってなんかいないし。……まだ。

好きだと告白しあったけれど、恋人同士ではないし。……まだ。

こんな別れ方をしてしまうと、後ろ髪を引かれてたまらない。それを見越して突き放したに違いないのだ、あの言いたい放題の海皇神は。

「あなただって好き勝手して、僕を掻き乱したじゃないですか……」

自分ばっかり狡いですよ……と呟いて唇を噛み、来人は竜宮城の外へ出た。切なさをこらえて浮遊し、アコヤ貝製の屋根に立つ。

と、屋根越しに顔を覗かせ、こちらをジッと見つめているのは、二階建てサイズのタツノオトシゴ・ヒッポくん。もの言いたげに目を潤ませ、「吻」で屋根瓦をつついてみせる。ややや遠慮がちだったため、割れることなくヒビが入るに留まったが。

ヒッポくんはヒッポくんなりに、来人を引き止めようとしているらしい。海皇神のためか、それとも来人に対して友情を感じてくれているのか。

「ごめんね、ヒッポくん。その瓦、しばらく修理できないんだ」

キュキュキュ……と、ヒッポくんが寂しげに喉を鳴らす。

「だから、それ以上壊しちゃだめだよ？　わかった？」

キュキュキュ～と鳴きながら、ヒッポくんが項垂れる。

「ヒッポくんの背中に乗って走ったの、すごく楽しかったよ。あんなに爽快な気持ちは何年ぶりだろう。もしかしたら人生で初めてかも。冒険って楽しいね。もっと早く、いろんなことに挑戦すればよかった。本当に……ありがとう」

気持ちを正しく伝えようとすればするほど、だんだん重い雰囲気になってしまう。来人は慌てて笑みを作った。

「次に来たとき、また乗せてね。それまで海皇様のこと、よろしくね。海皇様って意外に適当だし、無計画なとこあるし、宇宙一の寂しがり屋だし、思いつきで行動するし、わがままだし、子供みたいだし……。いまも、ずいぶんヘソを曲げているみたいだから、しばらく八つ当たりされるかもしれないけど……よろしくね」

まずい。泣きそうだ。未練を断ち切るために選ぶ言葉が、いちいちお別れモードに傾いてしまう。

来人は両掌を両目に当て、滲《にじ》む目元をグイッと拭った。そして、現地調査を任されて出張中の会社員という本来のポジションに戻るべく、「それでは失礼いたします」と、ヒッポくんに一礼した。

そして竜宮城の屋根を蹴り、まっすぐ頭上を目指した。

こんなにも寂しさと悲しさでがんじがらめの「自由」は、初めてだ。

ひとり延々と水を掻き、陸を目指し、やっと水面に到達した。

「ぷは……っ！」

絵に描いたような「ぷはっ」とともに、来人は水から顔を出した。手足をバタバタ動かして岸に辿りつき、手近に生えている草をワシッとつかみ、それを手繰《たぐ》って陸へ移ろうとしたのだが。

「あ、あれっ？」

体が重い。重すぎる。再び水中に引きずり戻されそうになる。海皇神に足でもつかまれているのかと思うほど、膨大な負荷がかかっている。

「ヤバい、重力に潰される……っ」

まさか、筋肉の使い方を忘れたか！

人間時間で換算すると、一体どのくらい水中にいた計算になるだろう。丸一日は経っていると思うから、体のバランスがおかしくなるのは当然か。

「バランス調整のためにも、ひとまず陸に上がるのは正解だったな」

改めて両腕に力を込め、よいしょっと弾みをつけ、辛うじて水の上へ体を持ちあげることに成功した。ふらつく膝で腐葉土によじ登り、両手を突いて立ちあがったところで、やっと気づいた。全身がずぶ濡れだったことに。

重いはずだし、バランスも悪くなるはずだ。濡れて重量を増したＴシャツとカーゴパンツが、手足の関節を封じるかのごとく、全身にぴったり張りついている。

水中にいたのだから当然と言われそうだが、でも、さっきまでは濡れていなかったのだ。少なくとも服も髪も、まるで高原にいるかのようにサラサラと風に靡いていた。指で髪を梳《す》いた記憶もあるから、間違いではない。……ほら、常識で考えるとすぐ混乱する。

「まぁ、濡れているのが当たり前だよ。さっきまでの現象が普通じゃないんだ」

揺れる気持ちを「普通じゃない」というシンプルなひと言で結論づけたら、胸の奥がチクリと痛んだ。

来人は頭をひと振りし、水の滴るシャツを絞るべく裾をつかもうとして、手元の焦点が合わないことに気がついた。

「そういえばメガネ……どこへいったんだろう」

水中では近くも遠くも同じように見えたから、すっかり存在を忘れていた。

水の中より陸の上のほうが自分の生態系に合っているはずなのに、手元が霞《かす》んで目が回る。だからといって、水中のほうが楽しかったなどという後悔は口にしたくない。

来人はひとまずＴシャツを脱ぎ、軽く畳んでギュッと絞ってから腕を通した。そして誰もいないことを確認してからカーゴパンツも下着も脱ぎ、Tシャツと同じように絞り、また穿《は》いた。衣類の冷たさに負けて歯がカチカチ鳴るけれど、我慢するしかない。

そしてマウンテンパーカーを羽織り、くしゅんっ！　と一発くしゃみをして、きょろ……とあたりを見回した。

「とにかくメガネを探さないと。あとスマホとデイパックも。サイフや新幹線の切符が入っているから、あれがなきゃ帰れないぞ」

だが焦燥したのは一瞬のこと。捜し物は、すぐに見つかった。

沼から数メートル離れた大木の根に、両腕で抱えるほどの大きな岩があり、「こちらをご注目ください」とばかりに淡く発光していたからだ。

来人の捜し物は、その岩の上にすべて置かれていた。水中でなくしたスニーカーもだ。海皇神の仕業としか思えない。

足の泥を手で払い、靴下……は見当たらないから、スニーカーに素足を突っこんだ。続いてメガネを装着し、馴染んだ視界にホッとした。

「……行くなって言ったくせに、いざとなると協力的ですね」

拗ねた態度と優しさとのギャップに、心の根っこが切なく揺れる。

「さっきまでの現象が普通じゃない……って言ったことについては、ひとつ訂正しておきます。あれは、あなたの世界を否定したわけじゃありませんから。これから戻る人間の世界では、水中での常識が通用しないから、気持ちを切り替えなきゃって……単にそういう意味ですからね？」

わかってます？　と、岩に向かって後ろめたさを呟いたら、突然ゴトッと動かれて、来人は思わず飛びあがった。いきなり甲羅が出現した……のではなく。

「亀……？」

岩が亀に変身したわけではなく、最初から亀だったようだ。亀が怠《だる》そうに立ちあがると、甲羅に載っていたデイパックがごろりと転がり、ドスッと地面に落ちた。

太くて短い足をのそり、のそりと動かして沼へ向かった亀が、絵に描いたような「よっこらしょ」で体を傾け、ドボンッと沼に身投げした、じゃなくて、竜宮城へ帰っていった。

残されたデイパックと、亀の入水で生じた水紋を交互に比べ、疑問を吐く。

「このデイパック、玉手箱じゃないよな？」

開けたら白髪が生えたりして……と、おそるおそる手を伸ばし、抱え込む。そして身を起こし、改めて沼と向き合った。

だが頭上を木々に覆われているせいで、視界は暗い。沼の中のほうが明るかったと訴えても、誰も信じてくれないだろう。とくに、ギリシャ神話のポセイドン――海皇神と過ごした、不思議で愉快で楽しかった、夢のような時間など。

来人は沼の水に手を浸した。でも目映い光はどこにもない。あるのは深い暗闇だけ。

戻ってきたとき、果たして再び会えるのか？

海の神様は、来人を待っていてくれるのか？

ひとりで沼に飛びこむ勇気が、果たして自分にあるのか？

それよりも、そこに彼らは――本当に存在しているのか？

来人はブルッと身震いした。

「もしかして僕、夢を見ていた……？」

あれだけはっきりと体験しておきながら、もう、こんなにも不安だ。

「…………っ！」

頭を振り、雑念や迷いをなぎ払った。そして来人は自分の世界へ戻るべく、デイパックを背負い、くしゃみを連発しながら山を下りた。

行きは迷子になったのに、帰りはなぜスムーズに下りられたのかと訊かれれば、答えは簡単。きらきらと光る虹色の鱗が、まるで白線のように足元に連なり、麓へ誘導してくれたからだ。

車道に辿りついたとき、鱗の最後の一枚が、風に吹かれて宙に舞った。

キラキラ光りながら回転し、来人のほうへ舞い戻ってきたかと思うと、左薬指の爪《つめ》に重なり、そのままぴったり貼《は》りついた。

刹那、ボウッと一瞬発光した。間違いない。海皇神の仕業だ。

「これ、なんですか？　まさか、エンゲージリングのつもりですか？」

クスクス笑ったら、唐突に寂しさが押し寄せた。困ったことに目の奥が熱くなる。

来人は心の中で謝った。一時でも疑って、ごめんなさい……と。そして、薬指の爪にそっと唇を押し当てた。

海の神様・海皇神の存在を信じられるのは、来人だけなのだ。

疑うなんて、絶対にしちゃいけない。


下山して来人が最初にしたことは、スマホの電池残量と、日付の確認だった。驚いたことに、なんとこの山へ来てから丸二日経っている。

ヤバイ……と青ざめながら確認した着信履歴は、なんと三十回。そのうち十七件が山岡社長からだった。残り十三件のうち五件は宿泊予定だったビジネスホテルで、七件は角崎《つのざき》さん、ラスト一件は母親だ。

まずは社長の連絡先に発信すると、プルル……と短くコールしただけで、『水上《みなかみ》ィーッ！』と怒声を落とされた。

慌てて「はいっ！　すみません！」と謝ると、『無事か！』と再び怒鳴られた。でもその怒声は、怒りと心配のミックス・コンボだ。

「はい、無事です。えっと………、その、じつはスマホの充電が切れてしまって、バッテリーも持ってこなかったので、連絡できませんでした」

『スマホ以外でも、どこからでも連絡できるだろうが！』

「そうですよね、はい、すみませんっ！」

『これだからスマホ世代ってヤツは！　それより、事故や怪我《けが》じゃないんだな？』

「はい、違います。その、せっかく伊勢まで来たから、観光しなきゃ勿体《もったい》なくて……」

あはははは……と、取ってつけたように笑ったら、『バカ野郎――ッ！』とブチ切れられ、ついでに通話も切られてしまった。

着信の多かった順で、今度は角崎さんに連絡してみれば、『無事ならいいよ。それより社長が心配して、大変だったんだぞ？　猪《いのしし》か熊に襲われたんじゃないかって。あと五回コールしても不通なら、捜索願を出そうって話になっていたんだぞ』と笑われて、間一髪……と冷や汗を拭《ぬぐ》った。

ビジネスホテルに電話をすれば、『キャンセル料は宿泊金額全額です。後日カード会社から引き落としとなりますので、ご了承ください』と淡々と説明され、続いて母に電話をしたら、『宅配で、お米とレトルトカレーを送ったから』と、こちらは至って平和な内容でホッとした。

さて、すんなり下山を果たせたおかげで、なんと二時間に一本という最寄り駅行きのバスの最終に滑りこむことができた。最終が午後五時四十分とは、恐れ入る。

四月にしては少々効きすぎた座席暖房のおかげで、厚手のカーゴパンツの膝《ひざ》から下がほとんど乾いた。シートが濡《ぬ》れたら次の乗客の迷惑になると思い、上半身はパーカーを着込んでいたけれど、これならTシャツのまま座ればよかったと、少しばかり後悔した。なぜなら……。

ぶえっくしゅっ！　と、勢いよくくしゃみすること、三回目。

「やばい、このままじゃ風邪《かぜ》をひく」

バスから降りたとたんに夕刻の風を受け、湿ったTシャツが一気に冷えた。生乾きの衣服はひたすら冷たく、背筋はゾクゾクするし、鼻水まで垂れてくる始末。Tシャツに重ね着していたパーカーもじっとり濡れて、使いものにならない。

来人は駅の土産《みやげ》物店に駆けこみ、目に入った黒いトレーナーを購入し、「まもなく上り電車が到着します」のアナウンスに急《せ》かされながら改札口を抜けた。寒さに耐えかね、ホームのベンチで着替えようとトレーナーを広げたら。

なんと、胸に伊勢神宮の鳥居がデカデカと描かれ、「I♡お伊勢さん」とプリントされている。お伊勢さんのフォントに至っては、歌舞伎でよく見る勘亭流だ。

「お伊勢さんって、誰《だれ》だよ。伊勢の擬人化？」

せめて全部ローマ字だったらいいのに。いや、どちらにしても良くはない。

あまりにもトホホでしょんぼりなデザインだが、背に腹は代えられない。来人はデイパックを前で抱えてプリントを隠し、ホームへ滑りこんできた近鉄電車に飛び乗った。

東京駅に到着し、山手線から西武池袋線に乗り換えたところまでは、よかった。

だが災難は、次に乗り換える西所沢駅で、揉《も》み手をしながら待ち構えていた。

来人がホームへ降りた瞬間、いきなり大粒の雨が降りだし、空が裂けたかと思うほど、激しい雷が鳴り響いたのだ。

その直後、バンッと大きな音がして、駅構内に闇《やみ》が落ちた。

キャー！　と悲鳴をあげたのは女性陣だ。ヤベェヤベェと笑っている男子学生たちもいれば、スマホを取りだして電波の確認をするサラリーマンの姿もある。

来人が乗ってきた電車も照明が消え、ホームで完全に立ち往生。もしこれが、ドアが開く前だったら、中に閉じ込められていただろう。

「ギリギリセーフか。ラッキーだったな」

……と、このとき来人は「災難」の始まりを、「幸運」と勘違いしてしまった。来人が感じた幸運など、次の瞬間には鰻《うなぎ》のように、するりと遠くへ逃げていたのに。

「落雷のため、ただいま駅構内が停電しております。ご不便をおかけいたしますが、ここから先へお急ぎの方は、バスもしくはタクシーをご利用ください」

メガホン片手にやってきた駅員が、復旧は未定でーすと声を張りあげている。

「マジか……」

来人が目指す駅は、ふたつ先。電車なら六分で着くのに、バスだと四十分はかかる。悪寒も本格的になってきて、一秒でも早く体を温めたい。せめて自販機でホットドリンクを……と思ったが、残念ながら、こちらもみごとに停電中だ。

それよりも、ほとんど満員だった乗客たちがバスに押し寄せたら、間違いなく待たされる。タクシーだって台数にかぎりがあるだろう。奪い合いは必至。

構内の時計を見れば、時刻は十一時。ぼやぼやしていたら帰宅は日付を跨《また》いでしまう。

「しまった。急がないと」

改札へと続く階段を昇ろうとしたら、早くも人で溢《あふ》れている。慌てて最後尾につこうとしたら、横から押されてメガネが外れた。キャッチしようと手を伸ばしたら、胸の前で抱えていたデイパックに手の動きを阻まれて、なんとホームに弾《はじ》き飛ばしてしまった。

拾おうとして屈《かが》んだら、「邪魔だよ！」と酒臭いサラリーマンに怒鳴られ、その間に誰かがメガネを蹴《け》り、さらに遠くへ飛ばされて、ようやく回収できた……とホッとして顔に塡《は》めたら、右のレンズが割れていた。

マンションに辿《たど》りついたころには、深夜一時半を過ぎていた。

あのあと来人は出費を恐れてバスの列に並んだものの、なんと最終バスが来人の数人前までの受け入れで終了。このままでは帰宅難民になってしまう！　と、慌ててタクシー乗り場へダッシュしたら、こちらはこちらで長蛇の列。

そのうえ待機列にいる間、まるで季節外れの木枯らしのように強風が吹き荒れるという悪天候に見舞われた。いまはすっかり風がやんでいるのだから、あまりにも運が悪い。

ただいま……と、誰に伝えるでもない小声を絞りだして玄関を開け、冷え切った体を温めるべくバスルームへ直行した。剝《は》ぐようにして服を脱ぎ、裸になって、ガタガタ震えながら温水器に電源が入っているのを確かめ、シャワーの栓を捻《ひね》る。

水が温水になったのを確かめてから、全身に湯をかけた――はずだったのに。

「わわわわわっ！」

来人は悲鳴をあげて飛びあがった。なんと、冷水だ！

給湯器の温度が、いつもの四十度になっているのを確かめ、蛇口が「ＨＯＴ」になっているのも指さし確認したが、冷たい水しか出てこない。

「ママママママ、マジ、か……っ」

寒いどころの話じゃない。寒いのを通り越して、すでに痛い。爪先《つまさき》が冷えすぎて、もはや激痛！

洗い場の鏡に映っている自分の唇は、ダークサイドの海皇神《かいおうしん》のように紫色に染まっている。さっきの駅の落雷が、このマンションにも影響を及ぼしているのだろうか。

　このままでは凍え死ぬ。来人はさっさとバスルームに見切りをつけて腰を上げた。

「おおおおおっおっおっお湯を沸かそう。ななな鍋《なべ》にも、ややっ、やかんにも。たったったっタオルをお湯で温めて、かかか体をふふふ拭《ふ》こう。そそそうしよう。お湯じゃなくてレンチンでもいい。とにかく温たたたたたかいお茶で内臓を暖たたたたためよう。さささ寒すぎて死ぬ」

　ガチガチと震えながら脱衣所に出て、凍える体をバスタオルで包み、そのままキッチンへ移動した。寒い寒い寒い……と命の危機を訴えながら鍋に水を張り、ガス台の火をつけると、手元の空気が暖められて、泣けるほど安堵《あんど》した。

　ついでに、マグカップにペットボトルの緑茶を注いでレンジにかけた。お湯が沸くより早く飲める……はずだったのに！

「うわっ！」

　ボンッとお茶が破裂して、マグカップが天に召された。


　水分に呪《のろ》われていると説明しても、誰も信じてくれないだろう。

「すみません、社長。いま起きたら頭がふらふらして、鼻水もひどくて……」

『なんだ、水上。風邪か？』

「はい、間違いなく」

昨日の状況と現状を照らし合わせたら、それ以外に考えられない。ボックスティッシュに手を伸ばし、垂れてくる鼻水を塞《せ》き止めながら頷《うなず》いた。

「昨日の今日れ申し訳ないのれふが、休みをいただいてもいいれふか……」

『おう、休め休め。鼻タレ小僧に出勤されても、こっちが迷惑だ』

「小僧って……、僕もう二十四歳れふ」

『人生経験が俺の半分にも満たない野郎は、小僧でじゅうぶんだ』

ワハハハハと笑った社長が、口調を穏やかに切り替える。

『まぁ、無断で観光して風邪をひいたのは許せねぇが、ゆっくり休んでしっかり治せ。どのみちこの悪天候じゃ、内見依頼はひとつも来ねぇよ』

言われて、来人は窓へと顔を向けた。

ですね、と頷くしかないほど、外は見事な土砂降りだった。

まるで海と空が逆転して、海水が降り注いでいるかのような。


インターホンが鳴った。続いてコンコンとドアをノックする音も。

枕元《まくらもと》のスマホを見れば、時刻は十二時を少し回ったところ。お昼どきだ。

気怠《けだる》い体を気合いで起こし、ゴボゴホと咳《せ》きこみながらインターホンの画面で来訪者を確認すると、あまりにも知った顔が立っていて、逆に驚いた。

玄関のドアを開けると、いきなりレジ袋を突きだされた。

「おう。見舞いだ」

そう言ってニッと笑ったのは、今年四十になる独身・角崎さん。来人と同じく社有賃貸扱いで、この部屋の真上に住んでいるものの、お互い行き来は入居初日の挨拶《あいさつ》以来、一度もない。そのときも玄関先で引っ越し蕎麦《そば》代わりに、「全国有名ラーメン店・六種のカップ麵《めん》セット」を渡しただけだ。

でも、仲が悪いわけじゃない。どちらかといえば、社長以下全員、仲がいい。毎日会社で顔を合わせるから、プライベートではあまり近づかないという暗黙の了解が成り立っているだけだ。

部屋の上下といえば、マンション生活で最も気遣う相手に相当するが、そもそも角崎さんの立ち居振る舞いは静かだから、騒音とは無関係。ありがちな近隣トラブルと無縁でいられるのが、じつにありがたい。

「風邪だって？　薬、適当に買ってきたぞ」

「すみません、ありがとうございます。あ、おいくらですか？」

「代金か？　いらないよ。見舞いって言っただろ？　それよりちょっと上がるぞ」

撥水《はっすい》性の高そうなコートを脱ぎ、廊下で水滴を払った角崎さんが、来人を室内へ押し戻す。人を自宅へ招き入れることはほとんどないから、いきなりの突入に狼狽《うろた》えた。

「いや、あの、ツノさんに風邪がうつっちゃいますから！　ていうか、ゆうべ出張から戻ったのが遅くて、服とか脱ぎっぱなしで……」

と言っているのに、勝手知ったる他人の家……レイアウトがまったく同じという意味で……というわけで、すたすたとリビングダイニングに移動され、放りっぱなしのバスタオルを発見された。

慌てて片づけようとしたら、「お前は寝るか、座ってろ」と、拳《こぶし》で額を軽く押され、窓の傍《そば》のローソファへ座らされ、ついでにクッションも渡された。

その角崎さんはといえば、スーツの上を脱ぎながら対面キッチンの奥へ回りこみ、「お前の部屋、プラモデルばかりだな～」と呆《あき》れながらワイシャツの袖を捲《まく》り、鍋に水を張って沸かしはじめている。

「ま、プラモは男のロマンだよな。俺もガキのころ、よく作ったよ」

「え、ツノさんもですか？」

「ああ。いまでも実家へ行くと、小五のときに作った金閣寺が玄関に飾ってあるぜ」

ホッとするセリフで、とたんに緊張が解けた。趣味を理解してくれる人は、無条件で信頼できる。それも職場の先輩とくれば、なおさら安心。心の垣根もストンと下がる。

「水上、メガネ変えたのか？」

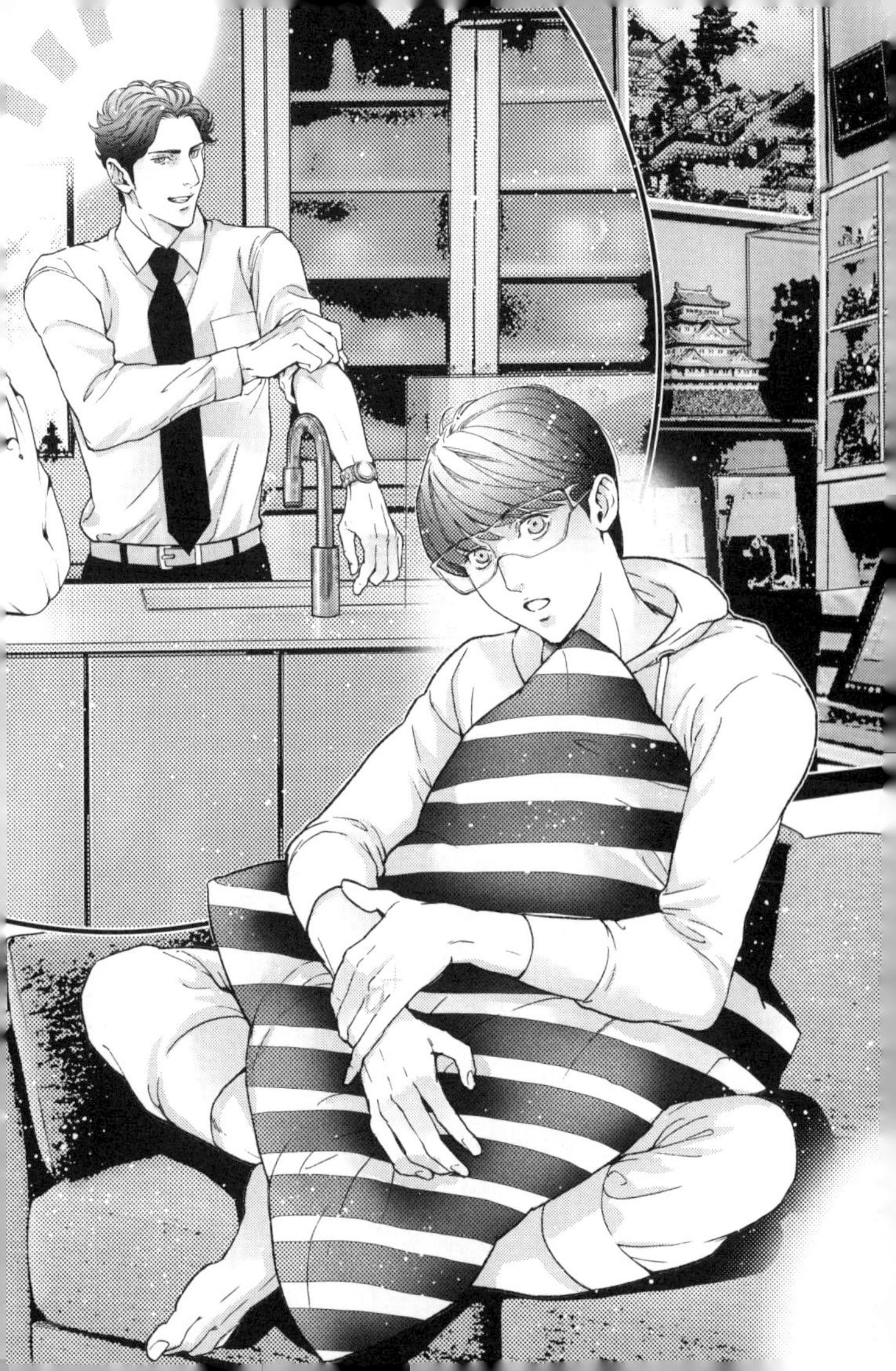

「あー……、じつは落として割っちゃって。これは内職用のメガネです」

内職？　と訊《き》かれたから、部屋のあちこちに飾ってあるプラモデルを指した。ハハッと笑い、納得顔で頷いてくれるのが嬉《うれ》しい。

有能な人だというのは入社当時からわかっていたが、どうやら家事も得意と見た。動きにまったく無駄がない。自分の部屋で誰かを働かせるのは気が咎《とが》めるものの、今日だけはお言葉に甘えようと、クッションと膝をまとめて抱えた。

ひとり暮らしは快適だし、なにせここは会社の管理物件だし、不自由を感じたことはない。でもひとつだけ難点を挙げるとすれば、病気の際の身の回りだ。その難点を、こんなにも鮮やかにクリアしてくれた角崎さんに対して、感謝と好意が止まらない。

「手料理は期待するなよ。レトルトのお粥《かゆ》で勘弁してくれ。でも、プリンつきだぜ？」

「あ、プリン大好きです」

「だよな。休憩中たまに食ってるもんな。風邪気味なら、こういうのが食いたいかと思ってさ。どうせ、朝からなにも口にしてないんだろ？」

「え、どうしてわかったんですか？」

驚いて訊くと、角崎さんが凛々《りり》しい眉《まゆ》をヒョイとあげた。

「鍋に張った水の中には、なぜか食材ではなくタオルが一枚。そしてシンクの内側は乾燥していて、使われた形跡がない。出しっ放しのペットボトル、転がっているのは割れたマグカップがひとつだけで、食事をしたとは考えづらい」

「……見事な推理力です」

びっくりしすぎて、目を剝《む》いた。推理じゃなくて観察眼だよと笑われたあと、

「ついでに、もうひとつ。電子レンジでお茶を温めようとして、ミスったな？」

割れたマグカップの取っ手をつまんで持ちあげられ、恐れ入った。さすがの洞察力と分析力。そこまで素早く目が行き届けば、そりゃ仕事も素早くこなせるはずだ。

「ツノさんが社長に頼りにされている理由、いまわかりました」

「二年も一緒に働いていて、いまさらか？　遅すぎるだろ」

「結婚しない理由も、わかっちゃいました」

「……ほんとか？」

今度は角崎さんが目を丸くした。あれこれ見抜かれてしまった仕返しだ。来人はニッと笑ってやった。

「できすぎる男性は、敬遠されます。少しくらい抜けているほうが、愛嬌《あいきょう》があっていいですよ」

知ったような口ききやがってと笑われて、来人もクスクス笑い返した。少しくらい抜けているほうが……という自分のセリフで思いだした顔は、沼に棲《す》む海皇神。神は万能かと思いきや、全然そうじゃなかった。だけど魅力的で愛《いと》しくて……。

「僕は……好きですよ。そういうの」

ぽつりと零《こぼ》したのは、海皇神への懺悔《ざんげ》まじりの独り言。不思議そうな顔で角崎さんに見つめられ、来人は慌てて話題を変えた。

「あと……その、お借りしたアックス、じつは出張先で無くしちゃったんです。まずは、そのお詫《わ》びをすべきでした。すみません」

弁償しますと頭を下げると、「使う予定はないから、いいよ。それにホームセンターで買った安物だし、気にするな」と、優しく受け流してくれた。

室内の長閑《のどか》さとは裏腹に、雨は滝のごとくに勢いを増している。すごい雨だな……と窓に視線を投じた角崎さんが、「雨で煙《けぶ》って外が見えない」と、窓に向かって顎《あご》をしゃくる。促されて視線を投じれば、奥行きの深い設計が売りのベランダの内側まで勢いよく雨が降り込んでいて、この悪天候には驚くばかりだ。

「雨水のハケが悪くて、社屋の前の道まで水が上がってきているんだ」

「ということは、浸水の危険アリですか？」

「いや。うちの社屋は縁石から少し高い位置に建っているから、それは大丈夫だろう。だが安全のためにシャッターを下ろして、本日休業だ。帰宅命令を下されたから、自分の部屋へ帰るついでに様子を見にきたってわけだよ」

「仮病じゃないって証明してくださいね」

「ピンピンしてたって報告しとくよ」

「えっ！」

「ウソ。ちゃんと言っとく。安心しろ」

ウインクされて、笑ってしまった。こんなチャーミングな人だったのかと、意外な発見に感動しつつも、でもいつもこんな感じだったかも……と思い直したとき。

「お前、普通に雑談もできるんだな」

と、角崎さんも、来人に対して新たな発見をしたようで。

「会社では必要なこと以外は口にしない感じだから、お前の部屋を訪ねるの、じつは勇気がいったんだぞ？　迷惑かなって」

「迷惑だなんて、とんでもないです。ありがたいです、すごく」

「ほんとか？　職場ではいつも、見えないバリヤを張っているだろ？　あまり踏み込まれたくないような感じで」

「そうでしたか？　自分では全然、そんなつもりは……」

「なんていうか、急に打ち解けやすくなった。自宅だからか？」

ははは、と笑われ、胸の奥が熱くなった。自宅だからではない。きっと、海皇神のおかげだ。

ひとりより、ふたりのほうが楽しい。一緒なら、新たな世界も怖くない。気の合う相手とドキドキわくわくするのは、とても嬉しいと——海皇神が教えてくれたから。

「あなたとの時間が……愛しいです」

思わず口をついた海皇神への告白にギョッとした。なに言ってるんだお前……と角崎さんが苦笑している。独り言を聞かれた恥ずかしさで、来人はバフッとクッションに顔を埋めた。

「……あー、水上。ちなみに、お粥は鮭《さけ》だ。パックのしらすも買ってきたから、載せていいよな？　ちょっとご馳走《ちそう》感が増すだろ？」

ツノさん……と感極まって呟《つぶや》くと、「惚《ほ》れるなよ？」とからかわれ、噴きだした。

「惚れませんけど、ありがたいです。独身歴が長いと手際がいいですね」

「独身に独身って言われたくないよな。……さ、できたぜ、独身の後輩」

「ありがとうございます、独身の先輩」

楽しい対話に、来人が笑顔で頭を下げたとき。

うわっ！　と角崎さんが声をあげた。

お粥が零れたかと思ったら、違った。水道の蛇口から水が噴きだしたのだ。それも、シンクに体当たりする勢いで。

お粥の入った丼を庇《かば》いながら、角崎さんが蛇口を戻して水を止める。ワイシャツの前がずぶ濡れだ。結構逞《たくま》しい腹筋に、薄いシャツが張りついている。

タオルで手を拭う角崎さんの姿に、ゆうべの寒さを思いだし、こちらまでお腹が冷えそうになった。

「レバーに手が当たっちゃいましたか？」

「いや、違う。急にレバーが動いたんだ」

そんなオカルトなこと言わないでくださいと顔を引きつらせながらも、そういえば……と来人は首を捻った。

「ゆうべもシャワーを浴びようとして、お湯が出なかったんです。だから鍋でお湯を沸かして、体を拭こうとしたり、マグカップでお茶を温めようとしたりして……」

「要するに、給湯器や水回りの調子が悪いってことか？　上の階は平気だぜ？」

「そしたらマンション全体じゃなくて、この部屋だけかもしれませんね」

ということは……と、角崎さんがいたずらっぽく眉を撥《は》ねあげる。

「祟《たた》りじゃないのか？」

「祟り？　なんのですか？」

「お前、昨日まで伊勢にいたんだろ？　伊勢といえば神の国だ。そこでなにか罰当たりなことでもして、天罰が下ったんじゃないのか？」

「罰当たりな、こと……？」

頭の中に蘇《よみがえ》ったのは、薄暗い山中で踏みつけた、割《わ》り箸《ばし》の袋に似た白い紙。

来人の靴の下で鈍い音を立てた、ピラピラした紙を挟んだ注連縄《しめなわ》……祠《ほこら》。

そういえばあれは、どうしただろう。直しもせず、そのままにして帰ってきてしまったけれど……。

来人が祠を壊したから、海皇神が水面まで出られるようになった。ということは罪人の解放……あくまで沼の上空までだが……に、結果的に手を貸した来人は、神々から罪に問われるのだろうか。

幽閉の決定を下したのは、たしか――ゼウス。

来人は手元のスマホで、ゼウスを検索した。

「――ギリシャ神話の主神、全知全能、全宇宙や天候を支配する天空神、神と人類両方の守護神にして支配神。そして、ポセイドンの弟……」

海皇神を凌駕《りょうが》する力を持った、偉大にして最強の神。

「僕、そんな神様を敵に回したってこと……？」

そして海皇神は、こうも言っていた。「幽閉した相手は言いにくいけど……」と。

来人の勘が当たっていれば……の話だが、なぜ伊勢なのかの理由を考えれば、答えはひとつ。

幽閉という不自由な身でありながら、あれほど広大な世界を沼の底に創りだせる海皇神の、その能力を超えた存在が、伊勢に存るからだ。

地球上の最強神・ゼウスが弟の幽閉場所に選んだのは、慣れ親しんだギリシャではなく、小さな島の日本国。

わざわざ日本の、それも伊勢を選ぶほど、オリュンポス十二神から信頼の厚い存在の正体は――。

「天照《あまてらす》、大御神《おおみかみ》様……？」

日本最高峰の神の御名を口にしたとたん、ザァーッと音を立てて血の気が引いた。

天照大御神VS海皇神。……ゴジラVSキングギドラ。昭和を知らない来人が、とても昭和的な連想をしたのは、単にプラモデルで作ったことがあるから。伏線ではないため、ここはスパッと忘れてOK。

さて、伊勢の神宮を拠点にしながら、全国に自身の分身や身近な神々を派遣したり管理したり、幅広くご活躍でいらっしゃる天照大御神様が、ギリシャの神々の兄弟ゲンカの制裁に場を提供したと仮定すれば、来人を祟り、天罰を下しているのは。

「日本人である以上、絶対敵に回せない相手……？」

の可能性も、ある。

来人はとっさに頭を抱えた。海皇神は、一体なにをしたのだろう。無礼な言動？　神をおちょくった態度？　神のくせにすぐバレるウソをついては、すぐ拗《す》ねる、どうしようもない幼稚さ？　それとも人間を化かして喜ぶ能天気さ？　いや、海洋界を守護すべき存在のくせに、海鮮料理が大好物だから？　心当たりが多すぎて、列挙するだけで心が病む。

自分も海皇神のように、天照大御神様によって、この部屋に一生幽閉されるかもしれない……と震えていたら、目の前にお粥が運ばれてきた。

「……おお」

白い湯気がキラキラしている。鮭としらすの、いい香りもする。日本人史上最大の窮地に立たされている恐怖も、温《ぬく》もりと食欲という現実の前では一瞬にして後まわしだ。

ローソファの前のテーブルにトレイごと置いてくれた角崎さんが、来人の隣に腰を下ろし、「食えよ」と笑顔で促してくれた。頼りになる先輩だとは思っていたが、こんなに甲《か》斐甲斐《いがい》しい一面まで備えていたとは知らなかった。ありがたすぎて涙が出る。

ほんとに惚れちゃいそうですよと言いながら手を合わせたら、「あれ？」と左手を凝視された。

「それ、ネイル？」

指摘されたのは、左手の薬指の爪《つめ》……海皇神の鱗《うろこ》。アッと来人は手を引っ込め、でも右手だけで食べるのも行儀が悪い気がして、そろり……と左手を前に戻した。

「薬指だけ、綺麗《きれい》に塗ってあるじゃないか。お前、そんな趣味があったのか？」

「そ、そんな趣味って？」

「そんな趣味は、そんな趣味だよ。わかるだろ？」

わわわわかりませんっ！　と笑って誤魔化《ごまか》し、「プラモのラッカーがついちゃったかな」と見え透いたウソを引っぱりだし、「いただきますっ」と早口で感謝してから丼を持ちあげた。

「おー、いい香り」

めいっぱい湯気を吸い込んだら、一瞬でメガネが曇った。角崎さんがクスクス笑いながら来人のメガネを外してくれて、テーブルに置く。

「……メガネなしだと、ますます可愛《かわい》いな」

「なにか言いました？」

「いや、なにも。ほら、熱いから気をつけて食えよ」

「はいっ！　いただきまーす！」

ツヤツヤに光るそれをスプーンで掬《すく》い、ふぅふぅ息を吹きかけていたら。

ふいに、海の香りがした。

魚たちが、来人の脳裡《のうり》を泳いだ……じゃなくて、過《よ》ぎった。

不審に思ってしらすたちを凝視すれば、パチパチッと瞬《まばた》きを返されたように見えて、来人は首をブルンッと横に振った。いまのは現実？　それとも幻覚？

スプーンを目の高さまで持ちあげ、ジーッとしらすを観察するが、今度はピクリとも動かない。というより、目を合わせないようにそっぽを向かれている気がする。

「どうした？　水上。魚は苦手か？　体力が落ちているときは、肉よりこのほうが胃に優しいと思ったんだが」

「えっ、あ、いえ、大好きです、魚、はい、とても」

しどろもどろになってしまった。動揺がバレないうちに、勢いで口に入れてしまえ！　と思ったけれど、今度はピキャーと泣き声まで聞こえる。

来人は再び、スプーンの中にいるしらすを見つめた。今度は敵も目を逸《そ》らすことなく、つぶらな瞳《ひとみ》で見つめてくる。ピィピィピィ……と、まるでヒナ鳥だ。

よく見れば、目の周りが濡れている。なんと、しらすが泣いている！

「泣くなっ！」

「え？」

訊き返したのは角崎さんだ。来人は慌てて首を振り、笑って誤魔化した。

「いいい、いえ、いまのはツノさんに言ったわけじゃなくて、自分に……その、ツノさんの優しさが嬉しくて、泣きそうになった自分に対して言ったんです」

「俺の優しさに、泣きそうに……？」

「そっ、そうです。嬉しくて、なんていうか、僕、ひとり暮らしですから、ツノさんもですけど、だから、人にご飯をつくってもらったこととかなくて、ジーンとして。やっぱりいざというとき誰かが傍にいてくれるのって、いいなぁー、安心するなーって」

と、必死で言い訳を練りあげた。

角崎さんが無言でジッと見つめてくる。

「水上……」

「……はい」

そして、また無言。

「愛しいですという心の呟き、ちゃんとキャッチしているから安心しろ」

「……はい？」

そして、またまた無言。

これは一体、どういう感情からくる「無言」なのだろう。コミュニケーション能力不足のため、無言の相手の気持ちを読むのは、まだまだ来人にはハードルが高い。海皇神というと楽なのは、彼がおしゃべりだからだ、きっと。

「今日ここへ来て、よかった。お節介だと突っぱねられたらどうしようって、内心不安だったんだ」

「突っぱねるわけないじゃないですか。上と下の関係なのに」

「上と下の関係？」

「そうですよ。ツノさんが上で僕が下。ふたりの不動のポジションです」

「不動の、ポジション……？」

来人はコクコクと頷いた。角崎さんの住まいは、この部屋の上。だから上下の関係だ。会社でも来人の先輩だし。

だから、角崎さんのお見舞いをお節介だなんて思わない。部屋に招くのは確かに気を遣うけれど、弱っているときは正直嬉しい。今回病気にならなければ、こんなふうに交流することもなかっただろう。改めて、先輩同僚に感謝する。

思った感謝は、しっかり相手に伝える。気持ちははっきり言葉にする。それが海皇神から学んだことだ。

「ツノさんの下になれて、僕、すごくラッキーです」

「……たまにはお前が、俺の上でもいいんだぞ？」

「なに言ってるんですか。そんな簡単に代われませんよ」

くすっと笑ったら、「確かにそうだ。自分のスタイルは、簡単には変えらない」と、まるで感銘を受けたかのように深く頷かれた。

「僕はツノさんの下がいいです。ツノさんが上にいてくれるだけで安心です。だからこれからは遠慮なく、いつでも入ってきてください」

「いつでも入って……いいのか？　その……、お前の……」

中に、と訊かれたから、はい、と笑顔で心を開いた。

先輩に対して友情を感じるのは失礼かもしれないけれど、角崎さんとなら、自然に部屋を行き来できる友達になれそうだ。

　趣味のプラモデルも見られてしまったし、そして、それについてバカにしたりからかったりしない人だとわかったし。安心と信頼は大きくなる一方だ。

「ツノさんなら、僕はいつでもウェルカムです。ツノさんの都合のいいときに、好きなタイミングで、自由に出入りしてください」

「自由に、出入り……の許可、いただいちゃって……いいのか？　本当に？」

「ええ。今日はツノさん。だから次は、僕が行く番ですね」

「交代で……イく、のか？」

「あ、交代で行き来しちゃダメですか？」

「え？　いや、いやいやいやいやいや、そんなことはない、お前がイくのは嬉しいよ。むしろ大歓迎だ、大歓迎。交代で行き来、最高だ。うん、それがいい。そうしよう」

　嚙《か》み砕くように丁寧に確認して、ちなみに……と、なぜか角崎さんが息を吞《の》む。

「一日何回までとか、制約はあるか？　その、体力的な問題というか……」

　訊かれて来人は、うーん……と考え、首を捻った。勤務を挟めば、行き来できるのは朝と夜だけ。多くても二回の来訪なら、制限するほどでもない。

「とくにないです。いままでずっと閉じていたぶん、これからはどんどん開いていきたいので、敢《あ》えて言うなら無制限ですね」

どんどん開いて無制限ッ！　と略して力いっぱい復唱され、笑ってしまった。互いの部屋を行き来するというだけで、そこまで感情を爆発させてくれるなんて、光栄以外のなにものでもない。

ひとり暮らし歴の長い角崎さんだ。なんでもできる人であっても、孤独には勝てないのかもしれない。進んで他人と関《かか》わろうとしなかった来人自身にとっても、角崎さんとのプライベートな交流はプラスになるはず。

海皇神のおかげだ。彼が来人に、新しい世界を見せてくれたから。

変わることは、もう怖くない。楽しみが待っているとわかったから。

「ある人が教えてくれたんです。挑戦することは怖くないって。もっと自由に、アクティブに生きてもいいいって気づいたんです」

素晴らしい……と角崎さんが目を閉じて震えている。そんなに感激されるほど、いままでの来人は閉鎖的な印象だったのだろうか。だとしたら会社に対しても、本当に申し訳ない態度だった。これからは公私ともに、もっと心を開きたい。社長から、一人前のお墨付きをいただけるように。

「いままで閉じていたぶん、これからはオープンな僕になります。できれば、ブラックホール並みに、なんでも勢いよく吸い込んじゃうぞ！　みたいな」

高速吸引大歓迎……とうっとりした顔で頷かれ、頑張ります、と笑い返した。

「お前がそんなに、その……、夜の方面に強いとは知らなかった」

「夜？　あぁ、そうですよね。朝より夜のほうがゆっくりできますよね」

「あ。あああ、ああああ朝から、いいい、イく気だったのかっ？」

「朝も夜も、べつに関係なくないですか？　朝なら、一杯コーヒーを淹《い》れるだけって感じでも、僕は喜んで受け入れますよ？」

「いっぱい濃いのを挿《い》れるだけ……って、いいのか？　俺は遠慮しないぞ？　お前が受け入れると言うなら、朝からガンガン攻めまくるが、本当に構わないのか？」

「遠慮は無用です。いつでも来てください。上下の仲じゃないですか」

「上下の……、俺が上で」

「僕が下」

「それがふたりの」

「不動のポジション」

　にっこり笑って返したら、角崎さんの頬《ほお》が赤く染まった。そして何度も、よし、うん、と鼓舞するように頷いている。年の差の友情が誕生した今日に、拍手だ。

「そしたら俺は、毎朝お前に濃厚なのを挿れられるよう、まずは体を鍛えなきゃな」

「えっ、毎朝淹れてくれるんですか？　じゃあツノさんの負担を減らすために、僕が上へ行くほうがいいのかな……」

「いや、お前は下でいい。下にいてくれ」

「そうですか？　じゃあ、僕んちで淹れてください。ツノさんが来たら、すぐに淹れてもらえるよう、準備万端で待機してますね」

すごく楽しみですと喜びを伝えたら、角崎さんが口元を両手で押さえ、「俺も……」と肩を震わせた。

「お前の部屋で毎朝挿れる自分を想像したら、急に心臓がバクバクしてきたよ。準備万端で待っていてくれるお前のために、ボルテージＭＡＸで突入するからな」

「最高に美味《おい》しいの、淹れてくださいね」

「挿れるとも！　最高に美味しい、濃厚なのを……っ」

この際だから……と、来人は自分の好みを伝えた。

「でも朝は、アメリカンでもいいかな」

「あ、やっぱり朝は軽目がいいか？　濃いのはお前の体に負担がかかりそうだな」

「でも本当は僕、濃いほうが好きなんですよね。勤務中とか、無性に体に入れたくなりませんか？　ものすごく濃厚な一本を、キュッと」

ふふっと笑って肩を竦《すく》めたら、角崎さんが目を剝いた。おそらく来人のイメージはアダルトなエスプレッソではなく、カフェオレなのだろう。驚かれるのも無理はない。

「意外かもしれませんけど、僕、これでもか！　ってくらい濃いのをチャージしたくなるときがあるんです。たまに入れますよ、外回り中に。あんまり濃いのを何回もお代わりするとお腹を壊しちゃうから、ほどほどで我慢しますけど」

「腹を壊すって、おっ、お前……っ」

そうまでして欲しいのかと驚かれ、「お代わりはやめよう。お前の腹が心配だ」と、真顔で言われ、「胃腸のケアは大事だぞ？」と訴えられ、わかりましたと素直に応じた。

「なぁ水上。お前が積極的に誘ってくれるのは嬉しいが、やっぱり朝からってのは、お前の負担が大きすぎる。仕事だって大変だ。体がもたないんじゃないか？」

遠慮して引かれると、攻めたくなるのが営業マンのサガ。もし目の前に賃貸契約書があったら、あとひと押しで捺印《なついん》というところまで来ている感じが奮い立つ。

来人は顧客向けのきびきびとした声で、積極的にアピールした。

「僕こう見えてもタフなので、心配は一切無用です。夜も気がつくと、午前三時くらいまでいっちゃってますし」

「午前三時くらいまで……って、お前、そんな時間までヤッてるのか？」

ひとりで？　と驚かれ、病欠の身でありながら、はいっと笑顔で胸を張った。プラモ愛を語るときは、心が自然に明るく弾む。きっと頬も染まっている。

「これはもう、僕の趣味というか、ルーティンですから」

「ルーティン……っ！」

「つい夢中になりすぎて、時間を忘れることもしばしばです。集中力を要するし、利き手の右手を酷使するから、腱鞘炎《けんしょうえん》になりそうですけど」

「腱鞘炎になるほど、ヤッてるのか？」

握った右手を軽く振る真似《まね》をされ、はい、と認めた。

「たまにピンセットや筆も使うから、手の筋が攣《つ》っちゃったりもするんですよ」

「手だけじゃなく、小道具までっ！」

「もちろんです。極めるためには、いい道具が不可欠です。贅沢《ぜいたく》かもしれませんけど、なるべくいい道具を揃《そろ》えるようにしています。道具によって、体への負担がずいぶん違いますから。使っていて、あぁこれ気持ちいいな……っていうのに巡り合うと、体が喜ぶのがわかるんです。それこそ、毎日でもやりたくなるくらい」

「そ……そうだな。気持ちがいいと、毎日でもヤりたくなる。お前の言うとおりだ、道具は大事だ、うん。俺は使ったことないけどな」

「ゴール目前で緊張感が一気に高まって、フィニッシュしたときの爽快《そうかい》感と解放感が、たまらないんです。……こんな趣味、大きな声では言えませんけど」

ははは……と笑って、来人は部屋のあちらこちらに飾ってあるプラモデルの完成品を見回した。

「恥ずかしいから、会社では絶対内緒ですよ？」

と、隣で視線を止めてみれば、角崎さんはきつく目を閉じ、鼻の付け根を手で押さえ、天を仰いでいる。

「どうしました？」

「午前三時のお前を想像したら、鼻血が」

「それは大変だ。ティッシュ詰めます？」

ボックスティッシュを差しだすと、角崎さんがシュッと抜いてピーッと裂き、くるるっと丸めてグイッと鼻の穴に押しこんだ。

鼻にティッシュを詰めたまま、角崎さんが来人の顎に手をかけ、覗《のぞ》きこんでくる。そしてゆっくり体を寄せてきたかと思うと、来人のうなじへと手を滑らせた。

「水上。……いや、来人」

「はい？」

「お前がこっち側の人間で、俺は嬉しい」

こっち側の人間という言葉に、胸の奥がチリッと疼《うず》いた。

都合のええときだけ好き好き言うて、結局こっち側の気持ち、なんも考えてないやん――。あの海皇神の言葉が、耳の奥に蘇った。

あれを言われたとき、きちんと説明することができなかった。考えてますよと言い返すのがやっとで、強引なキスに抵抗するのが精いっぱいで……。

暗い顔になってしまったらしい。角崎さんが同情するように来人の肩をさすり、「お前も苦労してきたんだな。わかるよ」と何度も頷いてくれた。

「いままで気づかなかった自分が悔しいよ。……お前が入社してきたとき、じつはちょっと、ときめいたんだ。やけに真面目《まじめ》で可愛いのが入ってきたなって。だが、ただでさえ社員の少ない職場で気まずくなったら、業務に支障がでるだろう？　だから敢えてお前のプライベートには近づかないよう、行動をセーブしていたんだ。いつか、こんな日がくるかもしれないと、ずっと恐れていたから……」

こんな日がどんな日なのか、意味がわからず見つめ返すと、「誘うなよ」と苦笑しながら角崎さんがネクタイを弛《ゆる》め、スルリと抜き、ワイシャツのボタンを外しはじめた。ベルトも外し、ファスナーまで下げている。

「あの……」

「気にするな。シャツが濡れて冷たいから、脱ぐだけだ。……ということにしておこう、いまは」

「あ、そうでしたね。濡れたままでは風邪ひきますよね。そうだ、僕の服でよかったら、着替えますか？」

寝室にクローゼットがありますよと伝えると、角崎さんが目尻《めじり》を下げた。

「寝室とは、直球だな。服を着せたいのか脱がせたいのか、どっちなんだ」

お茶目なヤツめ……と、鼻の頭をピンッと指で弾かれる理由がわからない。こちらはまったく、ふざけているつもりはないのだが。

「それより、体型からして逆だろ？　俺がお前の服を着るより、俺のワイシャツをお前に着せてやりたいよ。きっと……似合う」

ローソファに膝をつき、来人のうしろの壁に手をついて、角崎さんが目尻を下げる。

「ツノさんのワイシャツは、僕には大きいと思います。あの、風邪がうつりますから、もう少し離れたほうが……」

「お前の風邪なら、うつっても構わないさ」

「僕は、人様にうつすのは不本意です。それにツノさんまで風邪をひいたら、事実上業務がストップしますので、社長に申し訳が立ちません」

「引っ越しのピークは一段落した。この機会に、ゆっくりするのも悪くない。来人の右手もたったいまから、長期休暇に突入だ。今日はこのまま無制限。お前が下で俺が上。自由に出たり入ったり。濃くて美味《うま》い一本を、たっぷり注入してやろう」

来人の膝に手がかかり、さらに角崎さんの顔が接近してきたとき、悲劇は起きた。

「あっつぅぅぅううウウウゥォォオア――――――ッ！」

角崎さんが絶叫し、飛び退《の》いた。

見ればお粥が、角崎さんに「被弾」している！

それも、わざわざベルトを外して弛めていた、スラックスの中に。

言っておくが丼は、しっかり両手で持っていた。注ぎ入れる動作など、もちろん絶対にしていない。

それより来人の目には、お粥が飛びかかったように見えたのだ。

自主的に、目標を定めて一斉に。

それも、長話の間に冷めるどころか、逆にぐらぐら煮えたぎって。

なんだったら、もうひとつ暴露しよう。うっすらキャッチした空耳を。

突撃ィーッ！　…………と。

しらす兵隊たちの士気を鼓舞する、鬨《とき》の声が聞こえたのだ。

「熱っ！　熱っつぅ――――っ！」

「大丈夫ですか、ツノさんっ！」

スラックスの中に飛びこんだ熱々のお粥を取りだそうとしてピョンピョン跳ねる角崎さんに、すぐに冷やさないと！　と声をかけた直後。

「うわぁぁああ――――っ！」

今度は来人が絶叫した。

施錠してあったはずの窓が、バンッと全開になった次の瞬間。

横殴りの雨粒が、角崎さんを猛打した。

翌日、角崎さんは高熱でダウンしたらしい。

らしいというのは来人も連日の欠勤で、自分で直接確認したわけではないからだ。

「火傷《やけど》していませんか？」と角崎さんにラインを送ってはみたのだが、「これは祟りだ。お祓《はら》いに行け」という淡々とした一文が返ってきただけで、そのあとは既読にもならない。完全に悪霊扱いだ。

ふたりしかいない社員が同時に倒れてしまったことで、山岡社長からは「疾病時の社員間交流禁止令」が発令された。……当然の処置だ。

「でも……あの、社長。昨日ツノさんがお見舞いにきてくれたんです。だから僕も行ったほうがいいのかなと……」

『バカヤロウ！　疾病時の社員間交流禁止だと言っただろうが！　お前は自分の世話に専念しろ。それがいま取り組める、唯一かつ最優先の重大業務であり危機管理だっ！』

おっしゃるとおりで、ぐうの音も出ない。

『ところで水上、体調はどうだ？　少しはマシになったか？』

「あ、はい、ずいぶんよくなりました。明日は出社しますけど、その前に、例の伊勢の物件について、スマホで撮ってきた情報だけでも先に添付で送りましょうか？　周辺の様子とか、バスの時刻表とか……」

『ああ、その件か。提出するのは出張報告書だけでいい。現地調査書は提出不要だ』

「不要って……、途中まで作成してありますけど」

怪訝《けげん》に思って訊き返すと、残念そうなため息を返された。

『お前が出張に発《た》った日の夜、依頼人からキャンセルが入ったんだ。先祖の土地を手放すなど、親族一同から猛反対されたらしい。結果、もう少し考えるってよ』

「そう……ですか」

なにせ不動産だ。動く金額が大きいため、途中で気が変わる客は多い。最終的に契約書を交わして判を押すまで気が抜けないのは、毎度のことだ。

だからキャンセルについての驚きはない。ないけれど……。

『だから何度も連絡したんだが、お前からは一向に応答がねぇし、それどころか丸一日音信不通で……』

あの、と来人は言葉を挟んだ。

「ということは、僕は今後、あの山へは……」

『ああ、もう行かなくていい。あの物件に関しての出張は、金輪際発生しない。だから復帰後は安心して、これまでどおり近隣の管理に努めてくれ』

待ってください！　と、来人はモバイルを両手でつかんだ。反射的に縋《すが》りついた声の震えで、じつはいま、自分がかなり動揺していることに気づいてしまった。

「金輪際って、あの、たとえば、ハイキングで訪れるのは問題ないとか……」

『なんだ、水上。今回の出張でアウトドアに目覚めたか？　あそこは山田さんの私有地だから、関係者以外は立入禁止だ。依頼がキャンセルになった以上、俺たちは許可なく山田さんの土地に入ることは許されない。不法侵入で訴えられるぞ』

「えっと……あの、じつは、ツノさんからお借りしたアックスを、その、山田さんの山で紛失したんです。だから、近々捜しに行こうかと……」

『バカ言うな。ブツより交通費のほうが高くつくじゃねーか。買って返せ』

「……ですよね」

登るなら他の山にしておけと笑われて、わかりました、と引き下がった。

通話を終えて、スマホを握った腕を下ろした。……なんだか急に力が抜けた。そのまま前にグラリと傾き、ボフッと布団に頭を突っこむ。

「そっか」

そういうことも、あるのか。

神様は知っていたのだろうか。長い人生……神生の中で、こういう状況を何度も体験したり、見たり聞いたりしていたのだろうか。

約束は、自分の意志とは無関係に、破られることもあるのだと。

だから恐れていたのだろうか。信じてくれなかったのだろうか。執拗《しつよう》なほどに来人を引き留めたのだろうか。いくら来人が「戻る」と本気で叫んでも、来人の気持ちだけでは、どうにもならないことがあると知っていたから。

人間は人間の作ったルールに従うしかない生き物だという現実に、来人がまったく気づかないから、苛立《いらだ》っていたのだろうか。

なすすべもなく蹲《うずくま》っていたら、手元がぽうっと明るくなった。

来人は左手を軽く握り、指先に目を落とした。薬指の爪が真珠のように光っている。見ているだけで心が澄む。そして、悲しくなる。恋しくて。

彼が、無性に懐かしくて。彼に、申し訳なくて。

「ごめんなさい……海皇様」

二度と会えないのだ、海皇神に。

「僕もう、山へ行けなくなりました」

約束したのに。戻るからと。

「本当に………ごめんなさい」

ウソつき呼ばわりして、ごめんなさい。

ウソつきは僕のほうでした。

薬指の爪が、濡れたような光を帯びた。海皇神が怒っているのかもしれない。

来人はそこに唇を押しつけた。ちゅっ……と吸ってみるが、海皇神の唇のような弾力はない。同じように吸い返してもくれない。

もう会えないと思うと、こんなにも彼が恋しい。


「おい、水上、例の三重県の山だけどな」

三重県の山と言われて、来人の耳がピンッと立つ。

「はい、どうしました？　なにか出ましたか？」

余計なセリフを付け足してしまい、慌てて両手で口を押さえた。出ましたかって、幽霊じゃあるまいし……と笑う社長のデスクの隣で、角崎さんが椅子《いす》から転げ落ちる。

なにやってるんだと呆れる社長に、秘書兼事務の美和さんがサッとメモ用紙に幽霊を描き、ヒラヒラ振ってこちらに見せる。

「幽霊とか憑《つ》きものとか、心霊系の話が急に苦手になっちゃったみたいですよ？」

そして「ツノさん、うしろ！」と脅かすのだ。うわぁっ！　と叫び、角崎さんが腰を抜かす。一週間前まではあったはずの頼れるイケメンの影が、完全に消滅している。

あれからちょうど一週間が過ぎていた。繁忙期も一段落して、日々の流れがゆったりと感じられる。だからつい時間の隙間《すきま》に、あの山の中の沼の底へ、思いを馳《は》せてしまうのだ。

ゴールデンウィークに訪ねてみようかと思うものの、先日欠勤したばかりで、祝日に有給申請は出しづらい。ならば日帰りで……とも考えたが、人間世界より進みの早い時空で、今度こそ会社に迷惑をかけずに帰京できるのかと自分に問えば、自信はない。

「で、三重の山がどうしました？　新たな動きがありましたか？」

来人は話の先を催促した。ひとつ頷き、社長が答える。

「どうやら、樹木の伐採《ばっさい》が決定したそうだ」

ゴクリと息を呑み、あの……と来人は社長に訊《たず》ねた。

「伐採ということは、工事が入るんですか？　大型車両とか……」

「当たり前だろ。工事もしないで伐採作業ができると思うか？」

「それは、そうです……けど、でも、どうして」

「手っとり早い税金対策だ。土地を寝かせておいても、税金がかかる一方だからな」

来人はデスクに手をつき、立ちあがった。膝が震えている理由は、よくない予感に対する恐怖。

「伐採して、どうするんですか？　建て売りですか？」

「建て売りを並べても、交通の便が悪すぎて買い手はつかんよ。商業施設の誘致も提案してみたが、そもそも周辺人口が少ないため、デイリーユーザーは望めない。いったん作った箱物がゴーストタウン化したら、それこそ潰《つぶ》しがきかなくなる」

ゴーストに反応した角崎さんがビジネスバッグを抱え、「外回りに行ってきます！」と逃亡した。顔を顰《しか》めて見送りながら、社長が続ける。

「そこで……だ。山の扱いに困っている話を聞きつけて、飛びついてきたのが太陽光発電の仲介業者ってわけだ。山頂の樹木を伐採して土地を平坦に均《なら》し、太陽光発電機を全面に設置するんだとよ。山の上で勝手にやる分には問題ないとのことで、周辺住民からの反対もなかったそうだ。話がとんとん拍子に進んだらしいぞ」

あの……と、来人は息を呑んだ。

「先方のご意見は、わかりました。でも、僕が現地を調査した結果、そういう土地利用には向いていないんじゃないかと思われます」

「なんだ。都合の悪いものでも発見したのか？　だったら工事が始まる前に、先方に連絡してやれ。仲介会社が乗り気で、すぐにでも工事が始まるぞ」

言おうか言うまいか、来人は迷った。答えを出せないまま、焦りに追い立てられるようにして報告した。

「じつは、あの山の頂上に海……じゃなくて、えっと、沼がありまして……直径五メートルくらいの。でも、かなり深い沼なんです。まぁ、深そうに見せているだけかもしれませんけど、でも生き物が生息しているんです。それも大量に」

「生き物？　狐《きつね》か狸《たぬき》か猪か？　まったく管理されていなかったのをいいことに、個体数を増やしたな？」

「そうじゃなくて、増えているのは陸ではなく、沼のほうでして……」

もどかしくなり、来人は説明を省いて結論を先に口走った。

「沼は現状維持で保護すると、先方と約束を交わしてくださいっ！」

「約束だぁ？　こっちにそんな権限があるわけねぇだろ。この件に関しては、日和《ひより》不動産は手を引いたんだ」

「でも……！」

「でもじゃねぇよ。沼をどうするかは先方が決めることだ。というより、沼があるならバキュームで水を抜いて、埋め立てりゃ済む話だ」

ダメですッ！　と、来人は目を剝いた。

「埋め立てられるほど、浅い沼じゃないんです。沼というより湖……いえ、まるで海みたいに深くて広くて、とにかくもう、たくさんの海洋生物が棲《す》んでいて……」

懸命に訴えていたら、社長がひょいっと太い眉を撥ねあげた。

「妙だな」

「はい……？」

「まるで沼に潜って実際に見てきたかのような言い草じゃねーか」

気持ちでつかみかかっていたはずが、逆に迫力で押し返され、うっ……と来人は顎を引いた。だが怯《ひる》んではいられない。

「あの山に手を入れるのだけは、やめてください。絶対ダメです。お願いします」

「埋め立てりゃ、そのぶん土地を有効に使える。直径五メートルもあるなら尚更《なおさら》だ。太陽光発電はな、初期費用を回収するのに十年かかると言われている。だから、一日でも早く工事に入ったほうが得だ。そのためには、一刻も早く土地を均し、足場固めの作業に入る。不安要素は速攻で排除するぜ、俺だったら」

「絶対絶対、絶対ダメですっ！」

だから、なにがダメなんだ……と困惑顔で訊き返されて、返答に詰まった。だが、言わなきゃわかってもらえない。言ってもわかってもらえないかもしれないし、言えば余計にわけがわからなくなるかもしれないけど、どうしても言わずにいられない！

「あの山の沼は、海なんですっ！」

は？　と社長が目を丸くした。水上くん、頭膿《う》んでる？　という美和さんの辛辣《しんらつ》な心配は空耳として処理し、戦いを挑む勢いで訴えた。

「海じゃないのに海の世界が広がっていて、海の神様が棲んで……ではなく、正しくは、天照大御神様を味方につけたゼウスに幽閉されている、ポセイドンがいるんです！　ポセイドンってわかります？　海皇神ともいいますけど、ほら、僕が伊勢からの帰宅途中で豪雨に祟られたのも、帰ってきてから水回りの調子がおかしいのも、お茶が爆発したのも、ツノさんがお粥に襲われて、横殴りの雨に猛打されて熱を出したのも、もしかしたらみんな天罰かも……かもじゃなくて、きっとそうだ、天罰です！　そうなんですよ！　バチが当たったんです！　そう考えると、全部辻褄《つじつま》が合うじゃないですかっ！」

「俺は一向に合わないが……」

私も同じく～と気の抜けた声で言いながら、美和さんが人魚……有名コーヒーショップのシンボルマーク……の絵を描いて、ポセイドン？　と訊いてきたから、違います！　と否定した。厚みのある肩を落とした社長が、ため息をついて顎を撫《な》でる。

「水上。お前出張から戻ったあと、ダウンしただろ？　高熱で幻覚でも見たんだな」

「幻覚じゃありません！　本当に棲んでいるんです！」

「狸か狐に化かされたんじゃないのぉ？」

美和さんが狸と狐の絵を描いてよこす。来人はデスクをバンバン叩《たた》いて抗議した。

「幻覚でもなければ、化かされたわけでもありません！　あの山に踏み入っただけでコレですから、もし沼の水を抜いてしまったら、とんでもない祟りに見舞われますよ？　伐採なんて、もってのほかです！　土地を均すなんて、あり得ません！　沼の水を抜くなんて、罰当たりにも程があります！　あそこには、たくさんの命が棲んでいるんです。工事はやめるよう、どうか先方に伝えてください。お願いします！」

これまでの人生で、ここまで必死に、真剣に、全力でなにかを訴えたことがあっただろうか。一瞬で記憶を遡《さかのぼ》ってみたが、一カ所も引っかからない。

興奮で体を熱くしている来人とは対照的に、冷ややかな目で社長が言った。

「頭、大丈夫か？」

伸びてきた手に額の熱を測られ、「平熱か。つーことは、中身がヤられているな」とブツブツ言われた挙げ句、

「よし、水上。しばらく休んでいいぞ、いや、ぜひ休んでくれ」

と、哀れむようにポンと肩を叩かれてしまった来人は。

気づけば東京駅へ向かい、東海道新幹線に飛び乗っていた。


「お帰り〜、来人〜！」

カラフルな珊瑚《さんご》や海藻の束を抱え、人魚の姿で水面に立っているのは、海皇神。

人魚の姿といっても貝殻で胸を隠しているアレではなく、足が魚という意味だ。美しい羽衣《はごろも》はそのままに、裾《すそ》の間から覗く鱗も相変わらず美しい。

「なになに？　今日はスーツなん？　スーツにネクタイ、めっちゃ似合うやん！　ビジネスマーンていう感じで、かっこ良すぎるわ～！　あ、もしかしてプロポーズ？　そんなん迷わずＯＫやに～」

「ヘコんでいるのかと思ったら、無駄に元気ですね。心配して損しました。僕が来ることを、どうして知っていたんですか」

「ずーっと思念を飛ばしとったでやに～。いつ来るかな～、はよ来んかな～て、あ～来た来た、近づいてきた～て、ずーっとずーっとデコの第三の目ェ開いて、脳天集中させとったんやに～」

　と言いながら額を指さし、ちゃぷちゃぷと尻尾《しっぽ》で水面を左右に弾きながら水際までやってきた。

「第三の目？　どこにもありませんけど」

「集中したときしか出やへんのさ。いまは集中とはほど遠くて、気持ち、めっちゃ弛んどる～」

　ヘラヘラと言って、「待ちかねておりました～」と、珊瑚の束を差しだしてきた。だがここで「無事でよかったです～」と受け取ってハグでもしたら完全に相手のペースだ。惑わされるわけにはいかない。来人はキリッと顔を引き締めた。

「なんですかそれは花束のつもりですか僕を迎えてくれたわけですか山がピンチかもしれ

ないってときに相変わらず呑気《のんき》ですよね神様のくせに」

「どうしたん？　来人。息継ぎ忘れとるに？　酸素補給する？」

「いま陸なので、結構ですっ！」

目を吊《つ》りあげ、仁王立ちになって怒鳴りつけるも、海皇神はまるで他人《ひと》ごとのように笑み崩れ、鰓《えら》をパタパタ振っている。

別れ際の落ち込みがウソのように、表情が生き生きと輝いている。耳の鰓も、足代わりの魚の尾も、跳ねるように動いてご機嫌だ。そんな態度でいられると、怒りの行き場を奪われたみたいで、なおさらムカムカと腹が立つ！

「なぁなぁ来人。今回は、スルスルスルッとここまで辿りつけたやろ？」

「ええ、おかげさまでっ！　麓《ふもと》に到着したとたん、わざわざ蛍光塗料で甲羅にＴＡＸＩってペイントした、岩みたいなウミガメが待機してましたからねっ！」

「ああ、お岩さんのこと？　お岩さんはな、ウミガメと違《ちご》て発達しすぎたミドリガメやに？　人間が、よぉドブに捨てるやろ？　飼えへんようになったミドリガメ。ああいう子らを引き取ってな、メンタルケアしたるんさ。そやで水中には、のびのびしすぎて巨大化したミドリガメが、ゴロゴロゴロウジャウジャ岩のように……」

「イワもウミもミドリも、関係ないですッ！」

最後まで聞かずに言葉を遮ったら、海皇神がシュン……としょぼくれ、ヨロヨロと後退した。耳の鰓まで垂れ下がり、身にまとう真珠や鱗や羽衣の輝きが失せ、全身が灰色と化す。心なしか唇はひび割れ、頬もげっそり痩《こ》けて見える。一瞬にして水墨画だ。

「やっと戻ってきてくれた〜て、めっちゃウキウキでお迎え準備したったのに……」

「どういう思考回路ですか、それは。楽天的すぎて顎が外れます」

ここへ来た理由を告げるより先に、来人は溜《た》まりに溜まっていた憤懣《ふんまん》を吐きだした。

「それに、なにが『お帰り〜』ですか。よくもあれだけ次から次へと、災難に遭わせてくれましたね！」

「災難？　なんのこと？」

首を傾《かし》げ、白色化した珊瑚のようなカスカスの声でしらばっくれる海皇神に、感情のフタがバンッと跳ね飛ぶ。

「すっとぼけないでください！　水難ですよ、水難！　まずは雷ッ！」

「雷？」

「駅のホームに着くと同時に土砂降りにして、雷を落として、停電させましたねっ？」

目をパチパチッと瞬《しばた》いた海皇神が、不思議そうに首を傾げた。

「土砂降りは知っとるけど、雷は……知らんなぁ」

呟いた海皇神がハッと目を見開き、「まさか」と言い、続いて「もしかしたら……」と首を捻り、「いや、でも、そんなわけないに」と意味不明な自問自答で、眉間《みけん》にシワを刻んでいる。

「いま、誰かのせいにしようとしましたね？　ズルはダメですよ？」

「ちゃうちゃう、ちゃうて。ズルとか、そんなん違て……」

言い訳は聞きません！　と、来人は両手で耳をフタして言った。

「すっとぼけないでください、その二！　僕のメガネをホームへ飛ばして、バスとタクシーの争奪戦に後《おく》れを取らせ、その間延々と悪天候に晒《さら》し、僕の帰宅を大幅に送らせ、滅多にひかない風邪をひかせた！」

「それも、知らんに？」

「すっとぼけないでください、その三！　シャワーで暖まろうとしたら、なぜかお湯が出なかった！」

それは自分がやりましたと、海皇神が正直に挙手した。体は沼から出られないが、水分さえあれば、そこへ意識を飛ばせるから……とかなんとか、反省なのか自慢なのか、よくわからない弁解をモゴモゴと口の中で転がしている。

「じゃあ、僕のあとをつけていたわけじゃないんですね？」

「あとつけたくても、つけられへん。山に結界張られとるし、水から出たらあかん身ィやし。そやけど、探知機はつけさしてもろたに？」

「探知機？　ＧＰＳみたいなものですか？　どこに？」

白状しろ！　と睨《にら》みつけたら、追い詰められたウサギのような目で、手元をチラッと盗み見られた。

ゴシゴシ擦《こす》るが、来人はハッとして左手を凝視した。薬指の、これかっ！

それどころかますます艶《つや》めき、真珠のような輝きを放つ。左手の薬指だから、エンゲージリング的な恋愛アイテムだと思っていたのに、探知機だとは！　この一週間、この爪を見つめては、桃色のため息を落としていた自分が恥ずかしいし、情けないし、哀れだしっ！

「本人の承諾ナシにそういうことするのは、犯罪です。人間界では警察に捕まるくらい悪いことなんですよ？　わかってます？」

まくしたてると、「だって～」と水墨画バージョンの海皇神が、体をゆらゆら左右に捩《よじ》った。まるで亡霊だ。

「そんなん言うても、しゃーないやん。来人のことが恋してたまらんのやもん。そやけど俺の体の一部をくっつけといたら、居場所を追えるし、体温とか気配とかも伝わってくるなーと思て……」

そんな切ない表情で恋しさをぶつけられると、ほだされる。が、ここは心を鬼にして、土俵から押し出されないよう踏ん張った。

「あんな悪さをするなら、意識を飛ばすのは今後一切NGです」

「そんなこと言わんといてぇさ。来人と離れたなかったんやもん。俺はこんなに悲しいんやでーてわかってもらいたくて、次の日はずーっと土砂降りにして、来人に必死で呼びかけたんやに？　来人、来人、俺はこんなにボロ泣きやでーって……」

蒼《あお》い瞳が潤んだと思ったら、ボロボロボロッと大中小とバラエティー豊かなサイズの真珠が零れ落ちた。勿体なくて、反射的に両手を伸ばして受けとめようとしたが、そんな場合じゃないと気づいて手を引っ込め、胸を張った。

「同情を誘うのは卑怯《ひきょう》です。そのカッスカスの灰色の姿も狡《ずる》いです」

通常バージョンで話しましょうと睨みつけると、しぶしぶいつもの虹色に戻ってくれた。

「これでええ？　これやったら、俺のこと卑怯とか狡いとか、言わへん？」

「言いません。虹色キープでお願いします」

「来人は虹色の俺が好きなん？　レインボー・ポセイドンが一番可愛い？」

「……はいはいはいはい、可愛い可愛い」

「来人が俺を、可愛いメンダコちゃんにしてしまうんやに？」

ウルウルの瞳をパチパチされて、ゲンナリした。流されてなるものかと奮い立ち、「そういう場合、人間界ではメンダコじゃなくて仔猫《こねこ》で例えます」とキュートさを張り合ってから、その四！　と次の罪状を読みあげた。

「マグカップでお茶を温めたら、爆発した！」

「それも俺です。ごめんなさい。苛立ちが過ぎました」

素直に認められて、ちょっとだけ戦意が喪失する。悪いことをしたと反省している相手を責めるのは、大人げないような気がして。もしかしたらそれが海皇神の戦略かもしれないけれど。

「あと、僕の会社の先輩がキッチンに立ったとき、蛇口を勝手に操作して、先輩のシャツを攻撃しましたね？」

「あれはアイツの頭を冷やしたろと思たんさ。そしたら手元が狂って、腹に水が飛んでしもて……」

「先輩の腹を冷やす必要が、どこにあるんですか」

「いやその、わざわざ目で見るのと違て、意識で探りながらやと、どうしても微妙にズレてしまうんさ」

「そういうことを訊いているわけじゃありません。わかっていて、はぐらかそうとしていませんか？」

「そやけどな、来人。俺の言い分も聞いて？　元の世界に戻ったら、来人はもう俺のことなんスパッと忘れてしまうと思たんさ。そしたらめっちゃ不安になって、来人の心も俺と同じくらい凍《ここ》えさしたろ思て……」

「で、八つ当たりしたというわけですね？」

ジロリと睨むと、海皇神が必死で首を横に振り、違う違うとアピールする。

「えーと、会社の先輩？　なんか来人が、ソイツにめっちゃ気ィ許しとる気配が伝わってきてな。そしたらもう、どうしたらええのかわからへんようになってしもて、えーい、邪魔したれー！　って……」

「それだけでなく、お粥を浴びせましたよね？　熱々の。そのあと窓を操って、先輩に雨を叩きつけましたよね？　消防車の放水級の勢いで。あれでツノさん、ダウンしちゃったんですよ？　自分のやったこと、わかってます？」

キッと睨むと、海皇神が掌《てのひら》をこちらに向け「待て」と言った。

そしてスルスルと水上を滑るように近づいてきたかと思うと、来人の目を覗きこみ、「あのな」と切りこむ。

「お粥は、ぶつけた」

「ほら、やっぱり！　理由は？」

「理由やったら、ちゃんとある。あれは、来人を助けてあげたんやに？」

「助けた？　僕を？　なにから？」

首を捻って眉を寄せると、海皇神が前傾姿勢になり、自分の唇を指でツンツンとつついて言うのだ。「危機一髪やったやろ？」と。

口がですか？　と訊き返すと、口がです、と復唱された。気づいてへんの？　と質問され、なにをですか？　と訝《いぶか》しむと、海皇神が「鈍《にぶ》っ！」と叫んで仰《の》け反《ぞ》った。

「知らんなら一生知らんでええわ。とにかく俺は、こらあかん！　来人がピンチや～て思たから、攻撃～！　て、しらす軍団に念じたわけや」

「あの大人げない声は、海皇様だったんですね……」

「ていうか、俺はしらすに命令したのに、粥に溶けこんどる鮭の成分と、ほぐし身まで、俺の声に反応してしもてな。それで大惨事になってしもたんさ。そやけど……」

「そやけど？　そこまでしておきながら、まだ言い訳を続けますか？」

「言い訳と違て、状況説明！　とにかく俺は、来人の先輩に火傷さしたらあかんと思て、急いで念力で窓開けて、豪雨でバシャーて冷やしたったわけやん。そやのに、なんで俺を責めるわけ？　すぐに冷やさな火傷するーていう親切心やんか」

「自分がやった悪さの尻拭いを、親切心とは言いませんっ」

断言したら、ついに海皇神が口を噤《つぐ》んだ。目を見開いてふるふると震えたかと思うと、珊瑚の花束をポトッと足元に落とし、シンガポールのマーライオンのごとくクルリと前に曲げた魚の尾を両腕で抱え、非常にわかりやすく拗ねてみせた。

「俺がやってないこともあるのに、冤罪《えんざい》や」

「やっていない部分を主張するより、やった部分を反省してください」

とお願いしているのに、鰓をパタパタッと閉じて、聞きもしない。

「まぁ……、この件に関しては、もういいです」

来人は腰に手を当て、ひとつ大きく息を吐いた。

まずひとつめの「言うべきこと」は、全部伝えた。いまから話すのは、もっと大事なことだから、しっかり耳をこちらに向けてほしい。

「鰓を閉じずに、ちゃんと話を聞いてくださいね。ここからが本題ですから」

ふいに海皇神が顔を起こして尾を伸ばし、すっくと立った。

「立ち話で済む話と違うやろ？」

訊かれて来人は、「わかるんですか？」と目を瞬いた。

「雰囲気だけは、なんとなく。来人がほんとに言いたいことは、これと違うんちゃうかなと思ただけ。来人の東京ライフのイメージは自分の鱗から伝わってきても、目や耳があるわけちゃうで、実際には見えてへんし会話も聞こえへん。汲《く》み取れるのは雰囲気だけ。いくら俺でも、人間の心の中までは透視できへん」

「その割には僕のこと、結構わかってくれますよね。さすがは神様です」

「神やからと違て、来人のことが好きやでやに？」

来人は照れも恥じらいもせず、黙って受け止め、頷いた。

目の前にある美しい尾に手を伸ばし、そっと撫でる。鱗が木漏れ日を弾き、光の結晶が空中でキラキラ輝いている。小さな虹がいくつも生まれ、周囲の木々に反射する。

幻想のようだ。でも、これは夢でも幻でもない。

「僕なんかのどこがいいのか、さっぱり理解できません。なんの取り柄もないのに」

「取り柄やったら、よぉけあるやん」

「ないですよ。プラモデルくらいかな、得意なことは。それもべつに、特別うまいわけじゃないですし。時間をかけて作ったところで、なにかの役に立つわけでもないし」

「少なくとも俺には、来人はめっちゃ役に立っとるで？　役に立つっていう言い方は好きと違うけど……この沼に幽閉されとる間、ずっと俺の支えやった」

「ずっと……？」

来人は顔を上げた。吸い込まれそうに深い瞳を改めて見つめれば、もしかしたらどこかで見たような、遠い、深い、懐かしさが蘇り――――、疑問が生じた。

「ずっとって、いつから？」

「ここから先は、水の中で話そ。長い話になりそうやし」

ふいに言われて、来人はハッと我に返り、反射的に周囲を見回した。

「こんなとこ人間に見られたら、化け物狩りが始まるに。人間は案外、残酷やからな」

差し伸べられた手を取る前に、来人は黙ってその手を見つめた。そして、自分に問いかけた。僕も人間だよね……と。

人間を目の前にして、人間を残酷と言ってしまう海皇神に、腹は立たない。それどころか、そうだよね、と同意する。

もしも山に工事の手が入ったら。自分はどちら側につくべきなのか。不動産会社の人間としてなら、物件を有効活用する道に賛同すべきだ。でも、来人個人としてなら…………。

「行こ、来人。水の底へ」

こちら側の世界で暮らそうと、来人には、聞こえた。

海皇神の長く美しい指に指を滑らせ、掌を重ね、握った。海皇神も、同じように握り返してくれる。水中にいながらにして暖かい、そして優しい肌の温もりが、掌を通して伝わってくる。

初めて交わした、キスの感触も。

海皇様、と呼びかけると、なに？　と優しく眉が下がった。

「僕が初めてここへ来たとき、海皇様は、僕という人間を警戒しませんでしたよね。なぜですか？」

手と手を繋《つな》いだまま見あげたら、海皇神が穏やかに微笑《ほほえ》んだ。

「言うたやろ？　雰囲気はわかる、て。来人は俺を攻撃せぇへんて知っとったもん」

「それだけですか？　本当は、他にもっと……」

「もっと、なんか理由があると思うわけ？」

「僕をそこまで信用してくれる理由がわからないから、知りたいんです。だから真面目に答えてください。答えによっては……」

「よっては、なに?」

促され、来人は一度目を閉じ、再び開いた。

視界ははっきりしている。気持ちも澄み渡っている。迷いや不安は微塵《みじん》もない。

「あなたの世界で、暮らしてもいいです」

一歩踏みだせば、そこは水面。だが来人は躊躇《ちゅうちょ》しなかった。

両脚で水面に立とうとしたら、海皇神が両手を繋いでくれた。不思議なことに革靴は沈むことなく、靴裏が水面にぴったり貼《は》りついて、陸のように安定している。

目の前には海皇神。来人はスッと爪先立ち、メガネを外して畳み、胸のポケットに挿すと、自分から唇を差しだした。

すぐに口づけてくれるかと思ったら、静かな声で訊ねられた。

「それは、どう解釈したらええの?」

「まずは酸素を補給してください。でなきゃ溺《おぼ》れてしまいます」

来人は海皇神の首に両腕を回した。「そやったな」と笑いながら、海皇神も来人の腰に両手を添えてくれる。

こうして互いを前にすれば、海皇神の背丈が来人の頭ひとつ……より、もう少し高いことがわかる。

でもこれはおそらく、かりそめの姿。虹色だったり、黒紫だったり。ストレート・ヘアだったりウェーヴ・ヘアだったり。人間の足だったり、魚の尾だったり。拗ねて、巻き貝に変身したときもあった。彼の変化は、おそらく、まだまだ序の口だ。なにせ海の神様なのだから、もっと、いろんな姿になれるのだろう。

これからもっと、いろんな姿を来人に見せてくれるだろう。そして来人も、自分でも知らなかった可能性を、彼のもとで発見していくのだ。

「来人」

「なんですか」

「俺のこと、大好き？」

「……残念ながら、そのようです」

「なんにも残念ちゃうやん。嬉しいて言うて」

海皇神が笑う。真面目にってお願いしましたよ？　と来人が目を吊りあげても、海皇神の目尻は下がる一方だ。

頬に手を添えると同時に腰を抱かれ、唇を啄《つい》ばまれた。軽く吸いながら舌先でつつくようにして舐《な》め、来人が唇を開いたところへ、するりと舌を忍ばせてくる。

恋愛ごとはビギナーだから、海皇神を真似るしかない。舌と舌を優しく触れあわせ、密着させて、互いの弾力を確かめるように、口の中でゆっくりと動かしてみた。

口づけって不思議だ。口と口が触れているだけなのに、どうして耳のうしろや首筋まで、くすぐったくなるのだろう。

どうして胸の奥のほうまで、きゅう……っと熱くなるのだろう。

「ん……っ」

愛しさが増す。それはもう、怖くなるほどに。まだ出会って間もないのに……こんなに好きで大丈夫なのだろうかと不安になるほどに。

「長い……ですよ、酸素補給……っ」

「一週間分くらい、しといたろかなーと思て」

「……一生分でも、いいですけど」

ええの？　ほんとに？　と焦《じ》らすように訊かれて、はい、ととっさに返した声が、まるで催促しているかのようで体が火照《ほて》った。

「可愛いなぁ、来人は」

そう言って笑いながら、軽く舌に吸いつかれた。しっとり濡れた舌と、柔らかな唇がもたらす淫靡《いんび》な快感に身が震え、奥歯がカチカチと音を立てる。

「なぁ来人。キス、めっちゃ上達したな」

「……っ」

「あれ？　訂正せぇへんの？　酸素補給て」

「いまさら……、もう、いいです……っ」

冗談の領域は、とうに越えた。これから発する一語一語は、来人自身の生き方を大きく左右する。

「俺の世界へ行ってもええていうのは、そういう意味？」

来人の頬に手を添え、「ほんとに？」と首を傾げ、目の奥をじっと見つめてくる。探しているのだろうか。来人の心の奥底に、迷いがないかどうかを。

別世界で生きる決意が、あるかどうかを。

「来人と離れるのがイヤで、来人を……人間とは違うものに作り替えてしまうかもしれへんけど、それでもええの？」

「……覚悟しています」

「俺の一生は、長いに？　地球から海が消えてなくなるまで、もしくは他の神々に、存在そのものを消されるか。そんなにも長い時間、俺と一緒に生きる自信ある？」

「努力……します」

「海の寿命が、俺の寿命やに？　来人も、そうなってもええの？　いまの姿のまま、時間が止まっても構へん？　来人の両親や上司や周りの人らが、この世からおらんようになっても、自分は生きとるんやに？　みんなが先に消えてくんやに？　寂しない？」

「寂しい……でしょうね、きっと」

だから、ひとり残されることに敏感だったんですねと気持ちを汲んだら、こういう運命やでしゃーないわと諦《あきら》めたような笑みを向けられ、ますます愛しさがこみあげた。

「これから先どうなるのか想像もつきませんけど、本音だけをシンプルにお伝えすると……好きな人の傍にいたい、そういうことです」

好きな人て、俺？　と訊かれたから、あなた以外に誰がいるんですかと本気で困惑した。

すると、「俺は人やったんか」と返されて、「そこですか！」と噴きだした。

どんなときにも笑わせてくれる海皇神の大らかさに、心が弾み、軽くなって……楽になる。だから来人も彼にとって、そんな存在でありたいと思う。

離れたくないと彼が言うなら、ずっと、ずーっと、傍にいたい。

「でも、どうしてもダメだったら、そのときはひとつだけ、僕のわがままを聞いてください」

どんなわがまま？　と優しく促され、ともすれば泣いてしまいそうな決断を、来人は笑顔で伝えた。

「そのときは玉手箱を、僕にください。受け取って、開けて、年月相応に歳《とし》を遡って、潔く天寿を全うします」

だから、いまは。

あなたと生きる道を選びます――――。

来人は海皇神にしがみついた。呼応するように海皇神が来人を抱く。折れるかと思うほど強く抱きしめ、来人、来人……と、声を絞りだして名を呼んでくれる。

唇を寄せ、隙間なく合わせ、抱きあった。

そしてふたりで、音もなく水底へ沈んでいった。


互いの頬を、何度も撫でた。

指で髪を梳《す》き、唇を啄ばみあいながら、ゆっくり水底へ……これからふたりで暮らすことになるのであろう世界へ向かった。

迎えてくれるのは、海皇神が沼に創った海の国。虹色に輝く細かな気泡がふわふわと漂い、回転しながら、ふたりを優しく包みこむ。

自分の気持ちを一度認めてしまったら、もう海皇神なしでは一秒もいられない。それほどに彼が恋しい。唇ほどに柔らかい彼の柔軟な心が愛おしい。この腕に、すべてを委《ゆだ》ねたくなるほどの信頼と愛情で心が破裂しそうだ。

初めて沼に入ったとき同様に、あたりは青白く発光していた。底のほうで小さく輝いているのは竜宮城だ。

屋根に刺さっていたアックスは、もうない。ではどこへ行ったかと目で探せば、すぐにみつかった。片手サイズに戻ったそれは、五穀豊穣《ごこくほうじょう》を祈る注連縄飾りのごとく、竜宮城の門の上に飾られている。

　来人はクスッと笑みを漏らした。ほらね、と。来人が修復しなくても、神様ひとりででできるのだ。おそらくは指一本で。もしくはウインクや鼻息一発で。

　それなのに見え透いたウソをついてまでも、来人を傍に置こうとしたのだ、このわがまな神様は。やることがいちいち大袈裟《おおげさ》で……可愛らしくてたまらない。

　さて、てっきり竜宮城まで降りていくのかと思っていたら、ぷるんっ……と、ゼリーのような弾力が足に触れて、来人は「ひゃっ！」と身を竦めた。次の瞬間には、海皇神に横抱きにされ、そのゼリーの上にそっと仰向けに降ろされていた。

　来人はこわごわ、自分が横たわっているものに触れてみた。少しひんやりして、ぽよんぽよんしていて、プルプル揺れる不思議な感触は、昔懐かしスライムのような。でも、そんなものが沼の中にあるはずもない。

　ぷよぷよした感触が楽しくて、来人は体を揺らしながら訊いた。

「これ、なんですか？」

　来人の上に身を重ねながら、海皇神が目を細める。

「ミズノさんや」

「ミズノさん……ですか？」

「ミズクラゲやで、ミズノさん。昔、海で会《お》うたやろ？」

ああ、あれですか……と返しかけて、「え？」と来人は目を瞬いた。なにか、とても大切な「ヒント」を投げられたような気がする。

ふたりが出会った運命を説く、大切な記憶を。

「ふつうは大きくても二十センチくらいのもんやけど、あの日はたまたま、その倍もある巨大クラゲのミズノさんが波に押されて、浜に打ち上げられてしもたんさ」

「まさか……」

呟いて、来人は自分がいま寝そべっているクラゲの表面を撫でてみた。

手触りなど、もちろん覚えているはずはない。でも、掌に伝わるぷるぷるの感触で、クラゲの……いや、ミズノさんの思考が伝わってきたのだ。「あのとき助けていただいたクラゲです」……と。

ミズノさんは来人の記憶の中のクラゲより、さらに大きく成長していた。

無事だったのだ、ミズノさんは。ちゃんと海に還《かえ》れたのだ。……この沼を、海と認めていいかどうかは別として。

「当時まだ四歳の、小さい可愛い優しい来人は、浜で干涸《ひから》びていくのを待つ運命やったミズノさんを助けてくれた救世主や。普通はな、わー気持ち悪ぅ〜言うて、石投げたりするのが人間の子供やに？　そやのに来人は全然違った。木の枝で、海のほうへ一生懸命押して、押して……」

「どうして海皇様が、それを知っているんですか？」

来人でさえ朧気《おぼろげ》な記憶を、見ていたように語られれば、自然に疑問は湧《わ》いてくる。

少しばかり不安そうな、申し訳なさそうな感情で瞳を揺らし、海皇神が白状する。

「あのとき、沖から見とったんさ。人間側の世界に行ってしもた仲間には、どんな理由があっても手出ししたらあかん、人間のルールで処分してもらうていう、俺らの世界の掟《おきて》がある。仲間が浜に打ち上げられてしもたらもう、見守ることしかできへん。そやで俺は、ちっこい太郎、頑張れーて応援しながら、両手合わせて祈っとったんさ」

そうだったんですか……と、来人はようやく理解した。なぜ海皇神が、最初から来人に対して警戒心を抱かなかったのか。会ったばかりの人間を、どうして竜宮城へ招待してくれたのか。

二十年も前に、海で出会っていたからだ。

「めっちゃ勇気のある、強くて優しい、ええ子やなー思て眺めとった。まるで太郎みたいやなーて。太郎はとっくにこの世から消えてしもたけど、まだこんな優しい人間がおるんやと思たら、嬉しかったなぁ」

「太郎さんと僕の姿を、重ねちゃいましたか？」

嫉妬《しっと》したわけじゃない。ただ真実を知りたかっただけだ。

額に額をこつんと当てて、「最初だけな」と正直に教えてくれる海皇神の誠実さを前にしたら、嫉妬なんて、湧いたとしても一瞬で泡と消える。

「この子、どんな大人になるんやろ、優しいまま育ってくれたらええなぁ、いつかまた会えたら楽しいやろなぁて、ずーっと夢見とった。……クラゲは九割水分やで、子供の来人には重かったやろ？」

「海に還してやりたい一心でしたから、重さは、あまり感じていなかったと思います。だから大きな波が寄せてきたときは、チャンスだ！　って思って……」

来人の髪を撫でながら、「あれは、俺が立てた波や」と、海皇神が懺悔を口にする。

「ミズノさんに触れることはできへん代わりに、波を操ることはできる。……俺はただ、来人に加勢するだけのつもりやったんさ。俺が起こした大波に、うまいことミズノさんが乗っかったタイミングで、よっしゃ！　て勢いつけて潮を引いて……。まさかミズノさんの触手が来人の足に絡まっとるとは思てなかった」

刹那《せつな》、記憶が鮮明に蘇った。

すっかり忘れていた――いや、忘れていたという説明は正解じゃない。正しくは無意識に、自分で記憶を封じていたのだ。

あの日の水難事故は、そのあと何年にもわたって、来人の家族に暗い影を落とした。

父は、「お前が目を離したのが悪い」と母のせいにし、母は、「あなただって一緒にいたじゃないの」と父を責め、何日も両親が言い争う声を聞いて過ごした。いつしか両親がその話題に触れなくなり、もう二度と口にしてはいけないのだ、忘れるべきなのだ、なかったことにするのだと、幼心に理解した。

だから来人は、両親と一緒に潮干狩りに出かけたあの一日を、なかったことにした。家族全員が心穏やかでいるためには、あの日のことを忘れなければならなかった。

そして親元から独立したいま、親に気を遣うこともなくなり、それと同時に意識もしなくなり、思いだす機会を失っていた。

「ミズノさんもな、来人を巻きこむつもりはなかったんやに？　俺もそうや。来人を溺れさすつもりは、微塵もなかった」

「わかっています。僕の両親のせいでもないし、ミズノさんや海皇様のせいでもありません」

ごめんな……と呟いて、海皇神が来人の膝を優しく撫でる。怖かったやろ？　と訊かれても、体が痺《しび》れ、気絶するようにして波に巻きこまれたあとの記憶は定かではなく、切ない表情で懺悔を繰り返す海皇神に申し訳なく思うばかりだ。

来人は海皇神の頬に掌を添えた。悲しむような話じゃありませんよ……と、戸惑いながら微笑みかけた。

「じつは僕、海の底へ引っぱられていったあとのことを、よく覚えていないんです。気がついたら病院で、父と母が心配そうに覗きこんでいて……。海に連れていってごめんね、目を離してごめんねって母が泣いて……自分が溺れた事実より、親が泣いていることのほうがショックでした。だから、ほとんどそっちの記憶しかありません。それと、水に対する恐怖心と」

「俺のせいや。俺がミズノさんに絡まった来人に、もっと早ぉ気づけたら……来人を海に引きずりこんでなかったら、来人が水に恐怖を抱くことはなかった。来人の両親も、ケンカすることなかったはずや。来人が両親に気を遣って生きることも……なかったと思う」

　慈しむように来人の膝を撫でていた手が、腕を伝い、髪を梳き、頬を撫でる。「ごめんな」と、海皇神がまた詫びる。来人は海皇神の手に手を添え、首を横に振った。

「謝らないでください。全部、昔のことです。それに、いまは水が好きですよ？」

「……ほんとに？」

「本当です。好きだし、ちっとも怖くありません」

「そしたら、もう一個だけ告白してもええ？」

なんですか？　と目で訊いたら、「あの日、海の底で交わしたのが、俺と来人のファーストキス」と頬を染めながら白状され、目を丸くした。

「ほんとですか？　もしかして酸素補給……ですか？」

　海皇神が頷き、認める。救助隊のダイバーが助けに来るまで、彼らが来人を発見するまで、絶対にこの子を死なせるものか――そう思い、沈んでゆく来人を追い、腕をつかみ、抱きよせて、酸素補給を………キスをしてくれたのだと。

神の掟に反する行為でありながら、自分を止めることができなかった――その海皇神の告白に、ポロッと涙が零れた。

「ごめんな、来人」

目元を親指で拭われて、いいえ、と来人は笑みを向けた。海皇神は、なにも悪くない。それよりも、来人もひとつ大切なことに気づいてしまった。

「幽閉されたのは、僕のせいですね？」

「なんで、そう思うの？」

「幽閉されて二十年なら……ちょうどあの日からですよね？　僕を助けることは、神の掟を破ること。だからゼウスの逆鱗《げきりん》に触れて閉じ込められた。……当たりですか？」

海皇神が唇を引き結んだ。なんでそんなこと言うの……？　と目が訴えている。まるで母親に叱《しか》られた子供のような顔で来人を見ているのが面白くもあり、可愛くもあり。

「あなたは、僕を助けちゃいけなかったんです」

「弟と同じこと、言わんといて……」

海皇神の目から、ぽろぽろっと大粒の真珠が零れた。来人のほうが先に泣いていたのに、彼の泣き顔を前にしたら、涙が引っ込んでしまった。パチンコのフィーバーみたいですよと笑ってやると、「ここ、笑うとこと違うし」と泣きながら責められて、もっと笑ってしまった。

「どうして助けちゃったんですか？　放っておけばよかったのに」

「放っといたら、来人、死んでしまうやん。冥界担当《めいかい》のハデスに奪《と》られてしまうやん」

「ハデスさんも、弟さんでしたっけ？」

「ハデスは俺の兄ちゃん。……来人、助けへんほうが、よかったん？」

くしゃくしゃの泣き顔で訊かれて、来人は「いいえ」と首を横に振った。

「助けてもらえて、よかったです。どうして最初に教えてくれなかったんですか？」

どうしてて……と、海皇神が視線を泳がせる。言ってくださいよ、と促すと、「嫌われるのが怖かったから」と半分ベソをかきながら、子供のような言い訳をくれた。

「来人にとっては恐怖の記憶やろ？　あのときのことなんか思いだしたくもない、海なんか大嫌いや！　て、めっちゃ鬱陶《うっとう》しがられる可能性もあるのに、そんなん自分からよぉ言わんわ」

なに言ってるんですかと苦笑して、来人は海皇神の頭を撫でた。神様なのに、いじらしすぎる。こちらが守り、励まして、支えてあげたくなってしまう。

「ハデスさんのところへ送られるはずだった僕を、両親のもとへ戻してくれた恩人じゃないですか。嫌うはずないでしょう？　……ご兄弟や神々の掟を破ってまで僕を助けてくださって、心から感謝しています」

「感謝て……礼を言われるようなことと違うのに」

「言うようなことですよ。いま僕が生きているのは、あなたのおかげです、神様」

そう言って、来人はしゃくりあげる海皇神の頬を両手で包んだ。

「二十年も知らずにいて、ごめんなさい。ずっと気にかけてくれたのに、気づけなくてごめんなさい。長い間ひとりにして、すみませんでした」

「来人……っ」

「これからは、ずっと傍にいますね」

瞳を見つめ、優しく微笑み、海皇神に口づけようとした、そのとき。

ドンッ――――――と、激しい振動に見舞われて、ミズノさんのゼラチン状の体がトランポリンのようにバウンドし、来人たちは勢いよく弾き飛ばされた。

サッカーのリフティングよろしくキャッチしてくれたのは、ヒッポくんの大きなお腹だ。

「あ、ヒッポくん。久しぶり」と挨拶する前にボヨンッと弾みをつけて押し出され、海皇神の腕の中に無事戻った。

来人の腰に腕を回し、海皇神が「大丈夫か」と顔に不安を刷《は》く。詫びるように身をすり寄せてくるミズノさんの体を撫でたとき、再び激震に襲われた。

静かなはずの沼の水が、乱暴に揺さぶられる。まるで山を持ちあげたような、もしくは巨人が踏みつけたような。

海皇神が来人をしっかりと抱く。離されまいとして、来人も両手で羽衣をつかんだ。

「地震ですか?」

「いや、違う。騒がしいのは地核と違て、上や」

そう言って海皇神が水面へと顔を向けたとき、来人はハッとして口を押さえた。

「伐採だ……!」

「伐採?」

しまった……と来人は焦燥した。こんな大切なことを、あとまわしにしていた!

「そうです。山で工事が始まったんだと思います。この山の木を伐採して、土地を均して、太陽光発電の基地を造る計画があるって社長から聞いたんです」

「太陽光発電? あの、ギラッギラ光る巨大なパネルか」

「そうです。僕、それを伝えるためにここへ来たのに、まさか、こんなにも早く工事がスタートするとは思わなくて……ここへ到着したとき、以前と変わりなく静かだったから、すっかり油断していました。水中と陸では時間の進みが違うのに……」

ごめんなさいと謝る声が、三度目の振動にかき消された。

攪拌《かくはん》されて水が濁る。早くこっちへ! と腕を広げて魚たちに呼びかけるのは、イソギンチャクや珊瑚たち。魚たちが大急ぎで彼らの中に飛び込み、身を隠す。水流の影響をダイレクトに食らったミニクラゲたちが、まるで危険信号のように忙《せわ》しなく体を点滅させながら、ピーキャー悲鳴をあげている。そしてまた、四度目の揺れ！

海皇神はといえば、狂ったように暴れる水に長い髪を乱されながらも来人を守り、キッと水面を睨んでいる。ほどなくして海皇神の額の中心が縦に裂け、黒真珠色に輝く第三の目が出現した。思念を飛ばして上空の様子を視《み》ているらしい。

「……人間の気配がする。何人もおる。鉄の塊が、こっちへ向かってきとる」

「鉄の塊って、ブルドーザーかなにかですか？」

「わからんけど、斜面の木ィを薙《な》ぎ倒しながら登ってくる」

山が揺れ、地盤が弛む。沼の水が一気に濁る。水中の酸素濃度が急変したために、逃げ遅れた魚たちが次々に気絶する。

そのとき、黒い影がふたつ落ちてきた。沼の脇《わき》に立っていた、あの夫婦岩《めおといわ》もどきだ！

ミズノさんが巨大な体をめいっぱい広げ、シェルターのようにして魚たちを守ろうとするが、そのミズノさんは大きすぎるがゆえに、降ってくる岩を避けられない。直撃を食らうかと思われたとき、ヒッポくんがヒュンッと尾を伸ばし、ふたつの岩を同時に砕いて難を逃れた。

海皇神がミズノさんの体の端を持ちあげ、「この下へ潜れ」と来人に命じる。

「ここから出たらあかんで、来人。ミズノさん、来人を頼む」

海皇神の命令を受け、ミズノさんが来人の腰にシュルンッと触手を巻きつける。シートベルト代わりらしい。だが来人は、とっさに海皇神の腕をつかんで引き留めた。自分だけ安全圏でジッとしているなんて、できない。

「どこへ行くんですか！」

「上や。攻撃を止めてくる」

「攻撃じゃなくて工事です！　それに、止めるって、どうやって！」

「上におる人間全員、山から弾き飛ばしたる」

ダメです！　と来人は目を剝いて叫んだ。

「怪我をさせるのは、絶対ダメです！　それに、さっき僕に言ったじゃないですか！　神様は、人間界には手を出せないって！」

「神に攻撃を仕掛けてくるんやったら、話は別や。神バーサス人間。売られたケンカは買わなあかん」

「ヤクザみたいなこと言わないでください！　それに神様は幽閉の身じゃないですか！　水面までしか出られない状態で、一体どうやって戦う気ですかっ！」

「う……っ」

「東京で僕のマグカップを割ったように、工事車両の窓でも割りますか？　お粥のしらすに命じたように、魚たちを飛びかからせますか？　沼の水を浴びせますか？　そんな攻撃で、工事を中止にできるわけないでしょうがっ！」

「ううう……っ」

だから、と来人は海皇神の髪をつかんで引き寄せた。

「いまから僕が上へ行って、工事責任者に中止をお願いしてみます。もともと、この山は僕の担当でした。もう一度持ち主の山田さんと面会して、現状維持する手段はないか相談してみます」

「そんなん言うて、人間にあれこれ説得されたら、向こうへ寝返ったりせぇへん？」

「僕がそんな人間に見えますか？　憎らしいことを言う口は、フタしますよ？」

睨みつけて唇に唇を押しつけ、ちゅうっと吸ってからポンッと離した。海皇神が目を丸くする。

「来人」

「なんですか」

むっつりしたまま返すと、「大人になったたなぁ」と感心されたから、「あなたも早く大人になれるといいですね」と、突き放して黙らせた。

来人はヒッポくんの背中に乗り、水面へ向かった。

海皇神は最初、「俺も一緒に行く！」と言って聞かなかったが、「売られてもいないケンカを買うタイプは、話し合いには不向きです」と来人がステイを命じると、長い髪をくるくるっと体に巻いて貝になり、ころんっと水底に転がってしまった。ミズノさんが触手を伸ばして引き寄せ、巨大な体の下に匿《かくま》ってくれたのがありがたい。

「神様が拗ねているうちに、話をつけられればいいんだけど……」

工事自体を白紙に戻すのは難しいとしても、沼の生活に影響が出ないよう進められないものだろうか。太陽光発電以外に活用できる道はないか、せめて工事の規模を小さくするとか……考えれば考えるほど「無理」の二文字が大きくなるが、思考を止めると不安に飲みこまれてしまいそうだから、来人は懸命に解決策を考えた。

水面に近づくにつれ、白い光が増してきた。水中から見あげる水面は、絶え間ない振動による波紋で波打っている。

ちょうど沼の真ん中に陽が射している。太陽が真上ということは、正午くらいか。沼のふちに睡蓮《すいれん》の影が見えた。長い根が伸びている。あっちへ……と来人が指さすと、ヒッポくんはスイッとそちらへ移動してくれた。

ヒッポくんの首を軽く撫で、「ここでいいよ、ありがとう」と礼を言って背から降り、ビジネスバッグを抱え直した。来人のお尻を吻《ふん》で押しあげ、上陸の足場になってくれる気遣いが嬉しい。

「ヒッポくん、ひとつお願いがあるんだ。僕が地上に出たら、一瞬で僕のスーツを乾かせる？　ずぶ濡れで商談するわけにいかないから」

できる？　と訊くと、ヒッポくんの尻尾がしゅるんっと縮み、シュパッと伸びた。「任せとけ」と、つぶらな瞳に力がこもる。

お礼を言って鼻先を撫で、来人は息を潜めて耳を澄ませた。水の向こうでキュイイィィーンと響く荒々しい音は、チェーンソーか。

水音を立てないよう気をつけながら、来人は目から上だけを水面から覗かせた。もちろん作業員たちに気づかれないよう、睡蓮群の葉の隙間からの偵察だ。

花開いていた睡蓮は、自分の美しさが人間の注目を集めると自覚しているらしい。そーっと花弁を閉じて目立たないよう地味に徹し、来人に協力してくれた。

「それにしても水底には海藻、水面には睡蓮って、植物まで生態系が滅茶苦茶《めちゃくちゃ》だな」

呆れながら目を動かして周囲を見回し、ピタリと視線を止めると……、いた！

ヘルメットをかぶり、蛍光色の反射板のついたベストを身につけた作業員が、木の上でチェーンソーを構えている。同じ格好をした別の作業員が下で腕を振り、落下のタイミングと位置を指示する……というチームが三組。沼を中心にして均等に三カ所に分かれている理由は、伐採した木が他チームの作業を妨げないための工夫だろう。

そしていま、大型ブルドーザーに巨大な蟹《かに》の脚を一本くっつけたような外観の重機が、山頂に到着した。土木業界で人気急上昇中の、ハサミつきユンボだ。大きなキャタピラーで山の斜面を登り、大型のハサミで巨木を伐採し、挟み、移動させるという四つの工程を一台でやってのける、万能作業車。

先ほどまでの振動は、ユンボによる斜面の伐採に違いない。このあとに続く作業車の登山ルートを確保するために、強引に薙ぎ倒してきたのだ。

木が倒れていてもお構いなしに、ユンボは大型のハサミを掲げ、荒々しく前進する。そのたびに山が揺れ、木々がざわめき、沼の水面に波が立つ。

ユンボのうしろから、白いワンボックスカーが登ってきた。運転席に目を凝らせば、こちらは作業服ではなく黄色い上着を着用だ。現場責任者だろうか。

来人はヒッポくんの鼻先に立ち、弾みをつけてジャンプした。そのタイミングでヒッポくんが「フンッ！」と強烈な鼻息を飛ばし、来人のスーツの水分を飛ばす。おかげで地上に着地したときには、通勤時の来人ができあがるという魔法のような連携プレーだ。

ユンボの走行音に耳が、伐採作業に目と意識がそれぞれ向いているせいか、作業員の誰ひとりとして、沼から突然出現した来人に気づかない。

来人は素早くメガネをかけ、あたかも「いま登ってきたばかりです」という顔をして、ワンボックスカーの運転席に近づいた。そして黄色のナイロンジャケット……背中に会社のロゴらしきプリントが入っているが、デザインされすぎていて解読できない……を着た男性が降りるのを待って、「こんにちは！」と挨拶した。

周囲の騒音に耳を奪われ、一度では気づいてくれない彼の前に回り、関係者のような顔で「お世話になっております！」と声を張ると、「うわっ！」と驚かれてしまった。どちらさん？　と訊かれ、来人はうやうやしく一礼し、スーツの内ポケットから名刺入れを取りだした。さすがはヒッポくん。名刺もカラカラに乾いている。

「東京からまいりました、日和不動産の水上と申します。こちらの山の権利者でいらっしゃる山田様から最初に売買の相談を受けた……、えーと、そのときの担当です」

と、辛うじて営業スマイルで挨拶した。来人を頭の先から爪の先までジロジロ眺めた黄色ジャケットの男も、怪訝な表情ながらも来人に名刺を渡してくれた。

見れば有限会社名の下に、太陽光発電仲介業と小さく書かれている。男の苗字《みょうじ》は、斉藤《さいとう》さん。肩書きは施工担当部長だ。下の名前は読み方に自信がないから省略。

「水上さん、下から登ってこられたんですか？」

「あ、はい。そうです。いま着いたばかりです」

「よく辿りつけましたね、革靴で」

「え？　……あ」

言われて足元に目を落とし、ギョッとした。そういえば、行きはミドリガメのタクシーに乗車したのだった。そして水の中にいたせいか、ヒッポくんの鼻息で洗浄されてしまったのか、ピカピカ光って、まるで新品。

「おまけにスーツで、汗も全然かいてませんね」

「えー、あー、はい、まぁ」

山登りは慣れておりまして……と誤魔化したら、逆に不審を煽《あお》ったらしい。完全に胡散《うさん》臭《くさ》いものを見る目つきだ。

「で、元担当さんが一体なんのご用です？　現場責任者として、一日でも早よ作業を進めなあかんので、手短に言うてもらえませんか？」

「はい、じつはこの土地の活用方法について、本当に太陽光発電基地でいいのかどうか、もう一度山田様とじっくり話を詰めてから、慎重に工事を進めようということになりまして……」

精いっぱいの笑みを作るが、斉藤さんの表情は硬い。

「山田さんが、そう言うたんですか？」

「と言いますか、そのように、山田様と話を進めていけたらいいなーと思っておりまして……」

「そう思とるのは、誰ですか。あんたのとこの上司か？」

いきなり威圧的な口調に切り替わった。やや圧《お》され気味になりながらも、来人は笑みをキープした。

「いいえ、そうではなく、担当者としての意見です」

正直に告げると、フンッと鼻息で笑われた。腰に手を当てた斉藤さんが、「話にならんな」と忌々しげに舌を打つ。

「そういうのは、あんたと山田さんで直接やりとりしてくれへんか。自分は会社の指示で、できるだけ早よ伐採を進めよて指示されとるんですわ。あんたのうやむやな相談ごとに、そしたら様子を見ましょうか〜て手ェ止めるわけにいかんやろ」

どうしたんや、誰が来たんや、なんの用や……と作業員たちが集まってきた。現場責任者の斉藤さんが声を荒らげているのだから気になるだろうし、気が散るのも当然か。

どう見ても敵とみなされている来人は、厳《いか》つい男たちに四方を囲まれ、つるし上げ状態で詰めよられた。

「えらい若いお兄ちゃんやな。なにしに来たんや。あ？」

「どういうつもりで、そんな格好してきたんや。ここ、山の中やで？」

脅すように言われても、怯むわけにはいかない。方言や口調に萎縮《いしゅく》しないよう、来人は懸命に笑顔を維持した。そして、ここへ来る前に山岡社長が口にしていた太陽光発電について の知識を、記憶の底から引っぱりだした。

「太陽光発電基地の完成までには、皆さんご存じのように結構費用が嵩《かさ》みますし、発生した電気を電力会社に売った場合も、初期費用の回収に十年、利益を実感できるのはそれ以降と言われています。そのあたりの事情は、山田様にもご理解いただいておりますでしょうか？」

なに……？　と口を歪《ゆが》めたのは、斉藤さんだ。

「なんやお前、俺の仕事にケチつける気か」

いえいえいえいえ、滅相もない！　と、来人は腰を引きながらも踏ん張った。

「やっ……、山田様が納得して決定されたのであれば、もちろんそれでいいわけですが、うちにご依頼いただいてから気持ちが変わるまで、あまりにも早すぎるなーと思いまして、それで……あの、もしかしたら、とくに太陽光発電にこだわっているわけじゃなくて、なにやらよさそうな話が舞い込んできたから、パッと飛びついたっていう感じかなーと思いまして……」

「一回決定したことに、部外者が余計な口出すな！」

作業員のひとりが怒声をあげた。直後、別の作業員に肩を強く押された。

一瞬、来人は茫然《ぼうぜん》とした。大人同士の話し合いで、まさかの暴力が飛びだすとは。

倒れはしなかったものの、ああ、これはリスクを説明していないな……と、朧気ながら手応《てごた》えを得て、来人は気丈に顔を上げた。

「もしかしたら山田様は、稼働してすぐに利益が出ると思われているかもしれません。山の木を伐採する場合、伐採費用だけではなく、木の運搬処分費もかかります」

「それは、その木を売って換金したら、実質ゼロ円どころか、利益を出せるわ」

できません、と来人は冷静に反論した。

「山田様に、そういう説明をされたのですね？　それでしたら、買い取れない場合のリスクも同時に説明されましたか？　建築資材にも、向き不向きがあります。木によって金額に差があるということです。住宅建材に使える質のいい木が何本あるのか、買い取り保証価格の算出はお済みですか？　まさかなんの調査もせず、いきなり木を切り倒していませんか？　この山に生えている木も、山田様の資産です。事前調査もなしに伐採するのは、山田様が保有する資産の価値を貶《おとし》める、乱暴なやり方……うわっ！」

まさかの転倒！

空が見えたあと、木々が見えて、そして作業員たちの顔が見えた。全員がニヤニヤ笑っている……ということは。

「よぉしゃべる兄ちゃんやなぁ」

足をかけられたのだ――――と、理解した。

なんと、この歳になって、足を引っかけて倒されるとは。それも、大人に。

「……小学生以来だ」

「なんか言うたか、兄ちゃん」

「文句あるんやったら、うちの社長に言うてくれ。邪魔せんと、さっさと山から下りてくれへんか？」

「ひとりでよぉ下りへんのやったら、俺がここから投げ飛ばしたろか！」

「それより、ユンボで土に埋めたろか」

埋めるんやったらショベルカーやろ！　と、恐ろしい話で男たちが爆笑する。その笑い声が、次第に十五年ほど遡り、子供たちの声と重なる。

外出を控え、プラモデルに熱中しはじめたころ、親は来人の近視を危ぶんだが、予想を外れて遠視になり、視力矯正のためにメガネを買ってもらった。

だが翌日、学校でクラスメイトから「デカ目」「デメキン」とからかわれ、それどころか隙を突いてメガネを奪われた。追いかけようと立ちあがれば、横から足をかけられて、机もろとも引っくり返った、あのとき以来。

刃向かうと、よけい相手は調子に乗る。どうすれば取り戻せるか。そのためには、どう戦えばいいか……と考えるたび、戦闘に不向きな自分を思い知った。

だから来人は誠実であろうと決めた。真面目に頭を下げる、それが自分のやり方だ。

海皇神も言ってくれたではないか。真面目なとこが好きや……と。

それが来人の取り柄だと、褒めてくれたではないか。

来人は身を起こし、正座した。作業員たちに頭や肩を小突かれながら、地面に手をついて頭を下げた。

「お願いします、山田様に説明するまで、工事は待ってください。お願いします！」

「話のついとることを、いまさらグダグダ言うな！　業務妨害で訴えるぞ！」

「妨害じゃなくて、これは交渉です！　お願いします！」

来人は反射的に、斉藤さんの足にしがみついた。

投げられるとでも思ったのだろうか。離せ！　と叫んだ斉藤さんが、足を振りほどきざま、来人の顔面を靴裏で蹴った。

正面からまともに食らってしまい、ガクン――と首が反り返る。

強烈な一撃に頭がふらつき、来人はヨロヨロと後退した。水際の雑草で足を滑らせ、仰向けの体勢で、うしろへ倒れた。

見えた景色は、眩《まぶ》しい太陽と、青い空。

意識が朦朧《もうろう》とする中、来人は沼へ沈んでいった。

ぶくぶく……と、細かな気泡が頰を撫でる。

どっちが上で、どちらが下か。水の中は、よくわからない。

ああ――魚がいる。小さな魚。どんどん沈んでゆく来人の顔の前をうろちょろして、ぷくぷくと口から空気の泡を出している。

ふわふわ浮いているのは、小さなクラゲだ。長い触手がまつげに触れ、髪に絡まり、来人と一緒に落ちてゆく。

……ということは、ここは海かな。

僕、また海で溺れちゃったのかな。

父さん、母さん、僕、また溺れちゃった。あれから二十年も経っているのに、学習できなくて、ごめんなさい。いつまでも心配かけて……本当にすみません。

これ以上迷惑をかけないよう、地味に静かにおとなしく過ごしてきたけど、今回は仕事だから許してください。……あぁ、もう親元を離れて別々に暮らしているのだから、心配なんかしていないよね。

そうだった、僕はもう子供じゃない。親に行動を制限されなくても、自分の意志で決められるし、戦うこともできるのだ。

まぁ……今回の戦いは、負けちゃったけど。

「まだ負けてへんわい――――ッ！」

声がして、いきなり体が浮上した。

気づいたときには猛スピードで、さっき落ちてきたのと同じルートを逆行していた。

いま来人を横抱きにして、ぐんぐん上昇しているのは……。

「海皇様…！」

「よぉ戦ったな、来人！　そやけど、ごめん！　もう見てられへん！」

来人を受け止めてくれた海皇神が、険しい顔で水面を目指す。

「見てられないって、でも海皇様の可動範囲は、沼の上だけじゃ……」

「それでもええ！　大事な来人を足蹴にされて、我慢できるかッ！」

人間と同じ二本の脚は、泳ぐときだけ魚の尾になる。そのパワーは凄《すさ》まじく、水面に映る空をぶち破る勢いで、あっという間に水中から空中へ飛びあがった。

そして海皇神は来人を抱いたまま、沼の上空で静止した。

ざわついていた木々も、風も、なにもかもがピタリと止まる。

作業を再開していた作業員たちが、予期せぬ存在の出現に口をポカンと開け放ち、ボトッと手からチェーンソーを落っことした。

「神の棲む沼で騒ぎを起こす、この……不届き者め――――ッ！」

海皇神の怒号が響く中、斉藤さんがゴシゴシと目を擦り、プロジェクション・マッピング？　と呟いた。気持ちはわかる。痛いほどわかる。来人も最初はそう思った。

いま彼らの前にいる海皇神は、白真珠の美丈夫ではない。ゴリッゴリの黒真珠、ダークサイド・バージョンの進化形だ。

第三の目をカッと開いた真上には、反り返った短いツノが一本。側頭部やや前寄りに、長いツノが二本生えている。ギリシャ神話のポセイドンの武器は三叉《さんさ》の鉾《ほこ》という話だが、もしかしたら、これがそうなのだろうか。時代を経て、外付けではなく内蔵タイプに変化したのかもしれない。

その海皇はといえば、どうでもいいことに感動している来人を抱いたまま、耳の鰓をコウモリの羽根のごとく広げ、口の端から鋭い歯を剝きだしにしている。怒り狂っているのがわかる禍々《まがまが》しさだ。

海皇神と来人を守るようにして空中で隊を組むのは、総勢五十匹のオニダルマ軍団。そこに混じるクリオネもバッカルコーンを突きだして、悪役姿で威嚇《いかく》している。

「お前が落としたのは、この人間かッ！」

海皇神が恫喝《どうかつ》すると、斉藤さんがブルブルと首を横に振った。

「い……いえ、落ちたのはその人間ですが、落としたのではありません」

えっ、と驚いたのは、来人と他の作業員たち。

「いやいや、違うやろ。斉藤さんが蹴りましたよね？　な？　そやったよな？」

同意を求められた別の作業員が、そや、そや、と慌てて頷く。

「俺ら見てましたよ。斉藤さんがその人の顔を、こうやって蹴り飛ばして……」

ジェスチャーで悪事を暴露された斉藤さんが、海皇神に両掌を向け、違う違うと否定しながら、「先に足引っかけて倒したんは、お前らやないか！」と作業員たちに罪をなすりつけはじめた。あっという間に仲間割れだ。

「俺はただ、ソイツが……いえ、そちらのお方が、俺の足をつかんだから、びっくりして振り払っただけで、そしたら勝手に、水たまりに落ちて……」

「ど〜こが水たまりじゃ〜」

海皇神が口をへの字に曲げた。オニダルマ組の組長のような顔で、こめかみに卍型の血管を走らせる。オニダルマ組の鯱《おこぜ》たちも、組長に倣えとばかりに斉藤さんを斜めに見おろし、似たような顔で圧をかける。

「水たまり……あ、違いました？　えーと、沼、それとも池？　あっ、湖ですか？　道理で白鳥が翼を休めたくなるような、ステキな湖で……」

「白鳥なん、一回も来たことあらへんわ」

「あっ、そそ、そうでしたか。じゃあ、鴨《かも》の親子が似合いそうな……」

「鴨が来たときは、鴨鍋にして食うたった」

「では、雉《きじ》とか……」

「それも鍋！　全部鍋ッ！」

「そ、それはまた、大層な鍋好きでいらっしゃる……」

じりじりと間合いを測りながら、斉藤さんが後退する…………が。

そのとき斉藤さんが、ユンボに目で合図した。頷いたのは、運転席の操縦士。

突如ユンボが発進した。大型のハサミを振りあげて、脇目も振らずに突進してくる。キャタピラーが石を踏み倒す。ハサミが木々を粉砕する！

「こんなん、みな映像や！　この人間や！　人間を狙《ねら》えっ！」

狙いは沼。そして、来人！

「愚か者め―――――――――――――――――――!!」

海皇神の怒声が轟《とどろ》いた。

沼が波打ち、水柱が立つ。滝壺《たきつぼ》のような光景に、作業員たちが腰を抜かす。

何メートルも持ち上がった大量の水柱が、鋼《はがね》色の光を放ちながら、上空で大きくうねった。水の表面がビキビキと音を立ててひび割れ、細かな鱗でびっしりと覆われる。

水柱の先端を目で追えば、流れ落ちる水は髭《ひげ》に、噴きあげる水は牡鹿《おじか》の角に変化した。

ぎょろりと丸い目の下には、耳まで裂けた大きな口……!

「龍《りゅう》や――ッ!」

「龍が出たー!」

作業員たちが絶叫し、這《は》うようにして逃げ惑う。

「もしかして……」

ヒッポくんですか? と海皇神に訊ねたら、かっこええやろ? と自慢げにウインクされて恐れ入った。

「俺の巻き添え食らって、弟にタツノオトシゴにされてしもたけどな、この鋼の龍神《りゅうじん》が、ヒッポくん本来の姿なんさ」

「鋼の龍神……ですか」

ふぇ~……と感心しているそばから、あんなに晴れていた空が黒く染まり、厚い雲に覆われはじめる。大粒の雨がバラバラと降り出し、山頂の人間たちに殴りかかる。

「暴れてええで、ヒッポカンポス！」

ご主人様から許可を得て、鋼の龍神ヒッポくんが戦慄《わなな》いた。

超音波に似た雄叫《おたけ》びは雷を呼び、山の周囲に何本もの光の矢を降らせる。

斉藤さんの脚の間にもミニサイズの燃える矢が刺さり、ナイロンジャケットの前を溶かした。ようやくこれは映像ではないと理解した斉藤さんが、「やめてくれーっ！」と半泣きになる。

だが、本来の姿に戻ったヒッポくんは大はしゃぎで、聞く耳を持たない。というより、どこが耳だかわからない。怒濤《どとう》の豪雨を全身に浴びて躍動し、血湧き肉躍り、大蛇のような太い尾をブンブン振り回して飛び回っている。

狙われていると勘違いしたユンボの運転手が、転がるようにして重機の中から脱出した。

その直後、ヒッポくんがユンボに尾を叩きつける。あれほどの破壊力を誇るユンボが、一撃であっさり横倒しになり、蟹足もどきの大型ハサミが折れ曲がった。

バシッバシッバシッと、ヒッポくんが嬉々《きき》としてユンボを攻撃する。大型重機が、ものの十秒で土に埋もれた。

作業員たちが悲鳴をあげ、我先にと山頂から逃亡する。必死でワンボックスカーに乗りこむ斉藤さんを発見した海皇神が、その背に向かって一喝する。

「来人に謝れッ！」

そんなのいいよ……と来人が遠慮しても、海皇神は「俺の気が済まん」と鼻息を荒くするから……大事にされる優越感に、ちょっと心臓がドキドキした。

斉藤さんが、「すみませんでした！」と両手をついて謝罪する。来人はとっさに、「工事を中断してくれますか？」と交渉を口にした。

ヘッドバンギングの勢いで、斉藤さんが首を振る。それどころか、「この山は、あの、むむむ、無理です！　うちでは管理できません！」と涙ながらに叫んだ。

「そちらさんで処理してくださいっ！」

「え……、あの、いいんですか？　僕が山田様と交渉しても……」

「もももももちろんですっ！」

バンの運転席に飛びこむと同時にエンジンをかけた斉藤さんは、ぬかるみにタイヤを取られ、あちこちの木にガンッゴンッとぶつかりながら下山していった。

人間たちが退散したあと、あれほどの雨を降らせた雲は一瞬にして消え去った。

雨上がりの空で輝くのは、美しい虹……と見惚《みと》れていたら。

「……ん？」

虹の向こうに、ラッパを咥《くわ》えた天使が見えた。その数、一、二、三、……十、十一、十二……二十、三十……数え切れない。

うわっ！　と海皇神が目を剝いた。

「ＳＳ《エスエス》や！　えらいこっちゃ！」

言うが早いかパタパタッと鰓を畳み、三叉のツノをグイグイ手で押して引っ込め、オニダルマ組とクリオネ軍団に「撤退ッ！」と命じて沼の中へ避難させた。

海皇神自身は真珠色に戻ったかと思うと、来人を抱いたまま羽衣をくるくるっと体に巻きつけ、沼の中にとぷっと浸《つ》かり、顔だけを水面から出し、身構えている。

「どうしたんですか？　ＳＳってなんですか？　あの天使たち、お知り合いですか？」

「ＳＳは親衛隊のこと。あいつら、弟の親衛隊のＳＳエンジェルスなんさ」

「お……って、えっ？　おっ？」

えええええええ——っと叫ぶが、巻きつかれているため身動きできない。

いまこのタイミングで、その名を口にするのは怖い。怖すぎて顎がガクガクする。

「それって、あの、最高神の弟さんが、ここへやってくるってことですか？」

恐る恐る背後に質問を投げたら、無言でこくこく頷かれた。

「あかん、めっちゃ怒られる。ド叱られる！　どうしよう……っ」

「でも、海皇様のほうがお兄さんでしょう？　そこは兄の威厳で……」

「威厳なん、生まれたときからあらへんもん。俺、三人兄弟の次男やけど、当時最高神やった父ちゃんにパクッと食われた俺と長男を、末っ子のゼウスが救出してくれたんさ。そやで昔から、アイツには頭あがらへん」

「お父さんに、パクッと食われた……？」

「そこはスルーしてええ話。でな、三人で父ちゃん倒して、これから兄弟仲良く役割分担しよーいうて、くじ引きしてな。そこで弟のゼウスが一等くじの天帝を引き当てて、三代目最高神に着任したんさ。で、俺が海の担当になって、一番上の兄ちゃんのハデスが冥界の担当になってな。ゼウスは頭もええし顔もええ、非の打ち所のないイケメンやけど、ハデスはゲッソリ痩《や》せて、めっちゃ暗いで？　アイツとしゃべると、あまりの湿っぽさに背中からキノコ生えるもん」

「そ、そうでしたか。ハデスさんが湿っぽいのは冥界ですから仕方ないとして、とにかく大丈夫です。僕がゼウスさんに、海皇様の無実を訴えて、説得します」

説得できる自信はまったくないが、とりあえずそういうことにして、来人は海皇神ともども上空を仰ぎ見た。

キラキラ光るパウダーを、花咲じいさんの孫よろしく周囲に笑顔で撒《ま》き散らしながら、SSエンジェルスが沼の上空に舞い降りた。そして、そのパウダーで輝く虹の橋の上を、ズゥン、ズゥンと、まったく軽快ではない蹄《ひづめ》の音を響かせて登場したのは、漆黒の神馬《しんば》に跨がった筋骨隆々の髭男。

「…………わぉ」

天を司る最高神・ゼウス。ポセイドンの弟でありながら、兄よりも位が高く、自信に満ちた威風堂々な乗馬姿が圧巻だ。圧巻すぎて、言葉もない。

「相変わらず、自制の利かない兄ちゃんだな」

天空に響き渡るような太い声で、ゼウスが困惑を吐きだした。

「ごめん、ゼウちゃん」

怒っとる？　と上目遣いに訊く海皇神に、当たり前だ、と天帝ゼウスがひと睨みする。その眼力だけで、来人はヒイィと竦んでしまう。

「神の掟に逆らい、勝手に人間の運命を変えた二十年前を忘れたのか？　十二神裁判で天界追放の判決が下されるほど、神々の怒りを買ったことを。とくに冥王ハデスは、来るべき人間が来なかったと、契約違反にカンカンだった」

「……すんません」

「そんな兄ちゃんが幽閉で済んだのは、誰のおかげだ？　追放せずとも、幽閉して反省を促せばよいことと、荒ぶるギリシャの神々を諭してくれたのは一体誰だ？」

「ううぅ……っ」

「森羅万象に神々を視《み》る八百万《やおよろず》の日本国であれば、派閥も抗争も無関係。私が海皇を預かりましょうと快く申し出てくれた日本国の創設神・天界のアイドルこと、天照大御神ちゃんのお慈悲を忘れたか！」

地響きのような恫喝に、海皇神と来人は揃って顎をガタガタさせた。

来人は目を閉じ、耳をフタした。自分のせいで叱られているのも申し訳ないが、天照大御神様まで巻きこんでいた事実が恐ろしすぎて、日本人として聞いていられない。それなのにゼウスの声は必要以上に大きくて、聞きたくなくても聞こえてしまう。

「だが、またしても兄ちゃんは人間に関わった。私の兄ちゃんだからといって特別扱いするわけにはいかないのだ。よって、刑期の延長を言い渡す」

「延長？」

「そうだ。今回の件はアマテラスちゃんのプライベートハウスである神宮から、逐一監視させてもらった。こらあかんわー、あんたのお兄さん短気やわー、悪いけど刑期延長やわー、もうしばらく山全体に結界張らしてもらうわ〜と、我らがアイドルをがっかりさせてしまったぞ」

僕のせいですね……と海皇様の頭を撫でながら詫びると、「そなたか？」と、上空から優しく呼びかけられた。

「そなたが、二十年前の人間か？」

ゼウスの、力強くも慈悲深い目をまっすぐ見あげ、「あのとき助けていただいた人間です」と、来人は海皇神の腕の中でペコリと頭を下げた。

そして海皇神の羽衣のガードを自ら解き、いつの間にやらマスターしていた平泳ぎで沼の端まで辿りつき、よっこらしょっと陸に上がり、姿勢を正してゼウスと向き合った。

「いろいろと、ご迷惑をおかけしております。埼玉在住の、水上来人と申します」

東京と偽らず、正直に埼玉県民として自己紹介すると、ゼウスが黒い馬に跨がったまま虹の橋から降りてきた。目の前で止まり、優しい視線を来人に注ぐ。

「私の兄の運命を変えたのは、そなたか？」

「……だと思います。すみませんでした」

「なにも謝ることはない。悪いのは、兄だ」

微笑まれ、ポッと顔が熱くなった。

七福神のプラモデルの存在は知っているけれど、もしオリュンポス十二神の……とくにゼウスのプラモデルを見つけたら、一も二もなく買い揃えると断言する。それほどゼウスは魅力的で、割れた腹筋は引き締まり、盛りあがった胸筋は芸術的な線を描き、どれだけ観賞しても飽きそうにない。雄の色気が炸裂《さくれつ》して、まるで腰布を巻いたアラブの王様だ。

「来人！　そんな目ェで弟の乳首を見たらあかんっ！　目ェ閉じて！　ゼウちゃんの乳首は天界の猥褻物《わいせつぶつ》やに！　見るだけで妊娠してしまうにっ！」

「どうしてピンポイントで乳首なんですか……」

沼の直径五メートル内とその上空しか行き来できない海皇神が、水際でギャーギャー騒いでいる。それを無視して「来人よ」とゼウスに呼びかけられ、はい、とまっすぐ顔を上げた。

「本来であれば、お前は人間界と別れを告げ、二十年前に冥界へ行くはずだった。その事実を知ったいま、どうあるべきだと考える？」

「……僕の本来の寿命は、四歳でした。いまさらな質問で恐縮ですが、僕がこの世から消えたら、海皇様は天界に戻れますか？」

それはあかん！　と海皇様が沼から飛びだし、懸命にこちらへ手を伸ばす。その必死さに心打たれ、「死にませんよ」と微笑み返した。

「海皇様が、ご自身の立場も忘れて救ってくれた命じゃないですか。あなたの二十年間の幽閉を、無駄にしたくありません」

「……というと？」

ゼウスに促され、はい、と来人は視線を戻した。

「海皇様の幽閉延長が決まったのであれば、この山と海皇様を守るのが僕の使命です。どうすればこの山に人の手を入れることなく、沼を現状維持できるのか。最も安全な解決策は、僕がこの山を買いとることです。でもそれは、現実的ではありません。なにせまだ社会人二年目ですので……。だから、とにかく頑張って働きます」

自分自身を鼓舞するように頷いて、来人は再度ゼウスを振り仰いだ。

「僕が気づいていないことで、僕にできることがあるなら、教えていただけませんか？

海皇様に助けてもらった命、どうぞ自由に使ってください」

「……そなたの魂は、綺麗だな」

「そやろ？　ゼウちゃん！　来人の魂は、真珠みたいにピッカピカなんさ！」

わかったわかったと軽くあしらったゼウスが、自身の兄と来人を交互に見て、雄々しい眉をクイと上げた。

「では、人間。そなたにひとつ頼みがある」

ちょいちょいとゼウスに手招かれ、来人はおずおず近づいた。猥褻物ー！　と、海皇神が嫉妬で怒り狂っている。

ゼウスに、そっと耳打ちされた来人は。

告げられた内容の、あまりの恥ずかしさに腰が抜け、両手で顔を覆ったまま、その場にぺたんと座り込んでしまった。


「なぁ来人。さっきゼウちゃんに、なに言われたん？」

「内緒です」

「えー、教えて～」

「絶対に嫌です」

「そんなこと言わんと……、な？」

ちゅ、と唇を啄ばまれ、もうっ！　と来人は口を尖《とが》らせた。

「あのですね。笑っちゃうようなことです」

「そんな楽しいこと？　どんなこと？」

「海皇様の子を産んで、子孫を増やせって。……変ですよね、僕、男なのに。女性と間違えられたのかな？　言われたときはびっくりして腰が抜けちゃいました」

笑い飛ばしてくれると思いきや、無言で眉を撥ねあげられた……だけだった。

そのあとは互いの頬を撫でたり、髪を梳いたり、笑みを交わしたり。水中でくるくる回って唇を追いかけながら、水底までのランデブーをめいっぱい満喫した。

と、来人の鼻先に、柔らかな触手が伸びてきた。親指ほどのミズクラゲだ。キスを中断して見回せば、来人たちの周りには、いつの間にか無数の小さなクラゲたちが集まっていた。

触手に光を走らせるタイプ、水嚢《すいのう》全体を光らせるタイプ、ライン状に青い点滅を繰り返すタイプ、赤や黄色に輝くタイプと、バリエーションに富んでいる。

「すごい、まるでクリスマスのイルミネーションですね」

「綺麗やろ？　こいつらな、ムード作りのプロ集団やに。俺らの雰囲気を察して、盛りあげようとしてくれとるんかな」

雰囲気を察して……という言葉に反応して、クラゲたちがピンク色に発光する。それを見つめる来人の頬も、おそらくピンクに染まっている。

来人の片手サイズのクラゲが、海皇神の髪に触手を伸ばし、その先端をクルッと丸めて髪を束ねたかと思うと、クイクイと引っぱっている。仕草が可愛い。まるで飼い主に甘える猫の尻尾だ。

「クラゲの触手って、毒や針があると思っていました。でもこの子たちは、種類が違うのかな……、全然痛くないです」

「つるつるぬるぬるして、めっちゃ気持ちええやろ？　なんせ水分九十五パーセントの天然コラーゲンやでな。触ってみ？　先っぽも真ん中へんも、ぷにゅっぷにゅやで？」

髪に絡まっている一匹を指でつまみ、ほれ、と鼻先に載せられた。イヤーンとばかりに海皇神の人差し指に巻きついて、腕をよじ登って肩のうしろに隠れる仕草がもう、微笑ましくてたまらない。

「この水中におるクラゲたちは、もう人を刺すのはゴメンや〜て、俺に泣きついてきた子らなんさ。そやで、毒も針も抜いてある。天界印の安全保証付きセーフティ・クラゲやに。ハグしてもええよ」

その言葉を裏づけるように、クラゲたちが一斉に体を擦りつけてきた。丸みを帯びた柔らかな先っぽで、頬や額や鼻の頭をぷにゅっと押してくれたり、極細の筆のような触手で来人の耳をなぞったり、うなじに隠れたり。

「ふふ、くすぐったい」

もちもちプルプルとぅるんとぅるん。うっとりするほど気持ちよくて力が抜ける。

「あ」

「どした？」

「この感触、なにかに似てると思ったら、ところてんだ！」

「ところてんて、海藻を溶かしたやつのこと？　テングサ煮こんで、濾過《ろか》して固めて冷やした食べ物のこと？」

「原料はよく知りませんけど、天突き器で押すと、にゅるーって出てくるアレの、角がないバージョンみたいです」

海皇神がブーッと噴きだした。そして来人の肩口に顔を埋めてクスクス笑う。つられて来人も噴きだして、笑ったまま唇を重ねた。笑っているから唇が動く。だから、またくっつけて、離れないよう抱きついて……。

唇に、顎に、頬にもキスを灯《とも》しながら海皇神が言う。

「二十年、経ったんやな」

「二十年も前に、僕たち出会っていたんですね」

「海の底に沈んでいく来人を抱きあげたときな、こんな可愛らしくて優しい子、絶対死なせたらあかん！　て思たんさ。冥王ハデスが、俺の獲物を横取りすな！　て激怒する声も聞こえてきたけど……来人を助けたいていう気持ちを、どうしても抑えられへんだんさ」

「全然覚えてなくて、ごめんなさい。でも、ありがとうございます」

「あの子、海を嫌いになってしもたかな……、魚とか、見るのも食べるのもイヤになったりしてへんかな……て、ちっこい来人のことばっか考えとった」

「大きくなっちゃって、ごめんなさい」

「おっきい来人も大好きやに？　だって、恋愛できるやろ？　……俺と」

額に額を押しつけて、ず――っと会いたかった……と、おそらくは、長かった待ち時間を経て自然に育ったのであろう恋心を打ち明けられ、来人は何度も頷いた。そして海皇神の肩に顔を埋め、大変お待たせいたしました……と、首に両腕を巻きつけた。

「キスの先へ、進んでもええ？」

訊かれて来人は身を震わせた。さっきゼウスに耳打ちされた言葉が蘇り、カーッと頬が熱くなる。

「いい、です、けど……」

「けど、なに？」

「僕、こういうこと全然わからなくて……、神様が、ガッカリするんじゃないかと」

なにそれ～と笑いながら、海皇神が眉を下げる。

「そういうとこも含めて、めっちゃ好きやで？　ガッカリどころかワクワクする。それに、もし経験豊富やったとしても、ほとんどの人間が水中では初体験やろ？」

「初、体、験……っ」

「全部、俺に任して」

「……はい」

返した声が恥じらいで震える。海皇神が、来人の髪を指で梳きながら言う。

「来人は、心と体をオープンにさえしてくれたら、それでええ」

安心よりも緊張で、いまにも鼓動が止まりそうだ。

「俺と、ひとつになってくれる？　来人」

はい。

はい、神様――……。

泣くつもりなんてなかったし、そもそも泣く理由などないのに、勝手に涙が零れる。

だけど、ここは水の中。海皇神のように真珠が零れるはずもなく、来人の涙は海皇神の指で拭われて、沼の水に溶けていった。

「逃げも隠れもせんとコツコツ取り組む真面目な来人が、大好きや」

「ありがとうございい、ます……」

「ヒッポくんが壊した部分でも、乗りかかった船や～いうて修復する誠実さは、宝や」

「もう、いいですから……」

「すぐ照れるとこも、大好き。全部好き」

「恥ずかしいから、ほんとに、もう……」

なにも言わずに先へ進んでくださいと、海皇神の耳元で囁《ささや》いた。

こめかみに唇を押しつけられて、トクトクトク……と脈が速くなる。来人は海皇神の頬を両手で包んだ。もっとしっかり顔を見たくなったのは、愛しさに歯止めがかからなくなってしまったから。

海皇神の腕は暖かい。水の中で暮らしているのに。

海皇神の肌は柔らかい。手の甲は鱗で覆われているのに。

見つめあうだけで鼓動が逸《はや》る。もっと見つめていたかったのに、「俺の顔に穴を開ける気やな？」とからかわれ、噴きだした。

相手は神様、自分は人間。相手は海に棲み、来人は陸に暮らす。状況も環境も違いすぎるから、いくら心が揺さぶられても、人生に影響するような……そんな対象にはなり得ない。そう思って一度はここから逃げたのだった。

でも、離れてもなお惹《ひ》かれた。彼を失うかもしれないと思ったとき、考えるより先に体が動いた。以前の自分では考えられない大胆さだ。

きっとこれは、宇宙が定めた運命の出会い。沼で出会った瞬間に、恋の触手が互いに向かって伸びたのだ。

絡まった触手は、もう二度と解けない——解かない。

頬を撫でる手が、来人の顎にかかり、上を向かせる。

「ん……っ」

もう何度目のキスだろう。あまりに回数が多すぎて、数えることは放棄した。

口づけながら首筋を撫でられ、背筋に指を這わされた。その手が腰に辿りつき、来人の尻の谷間を確認するように上下している。

なぁ来人、と呼びかけられ、なんですか？　と同じボリュームで返した。

「気づいとる？」

「なにを……ですか？」

「水中では、どんな生き物も服を脱ぐんやに—ってこと」

へ？　と訊きながら顔を離し、そういえば海皇神の指の感触が妙に生々しいとは感じていて、だけどキスの最中だし、キスのほうに気持ちを奪われていたから……と頭の中でのろのろと思考して、自分の体に目をやれば。

「うわっ！」

仰天して、飛びあがった。とっさに両手で股間《こかん》を隠し、「服！　服はどこ行った！」と両脚をバタバタさせるも、海皇神はニヤつくばかりだ。

「ぼぼぼ、僕、いつから裸だったんですかっ！　なぜ服が泡と消えたんですかっ！」

慌てやんでも大丈夫やにと、海皇神が羽衣の中に包んでくれる。そしてそのままゆっくり来人のほうへ体を傾け、巨大ミズクラゲのミズノさんの上にボヨンッと来人ごと横たわった。

「人間界のウォーターベッドみたいやろ？　生殖行為に及ぶとき、人間はこうやって、ベッドに寝転んで励むんやろ？」

「励むと言われましても、みっ、未経験ですので……っ」

懸命に股間を隠しているのに、その来人の両手首をつかみ、力ずくで剝がすのは、ウォーターベッドのミズノさん……の、触手。

ならば脚を閉じようと、頑張って左右の膝に力を込めれば、これまたミズノさんに阻止されるのだ。にゅるるるんっと伸びてきた触手が、両足首と両膝に素早く巻きつき、ぐいっと引っぱって体を広げようとするから、来人はもう、あああああ……っと恥じらい百パーセントの悲鳴をあげて首を左右に振るばかり。

ミズノさんに加勢して、無数のクラゲが来人に向かって触手を伸ばす。こわごわ乳首を掠《かす》めたり、珍しそうにクニュッと押したり。あっさり尖ってしまった乳首に、触手をクルッと巻きつけて、クイクイと器用に引っぱったり。

「だ……め……っ」

驚くほど感じてしまう恥ずかしさを隠すこともできず、来人は熱い息を吐きながら、いつしか膝を開いていた。

おお！　と海皇神が凝視する。どこを……って、その、来人の……っ。

「わー、こんにちはーメンダコちゃん。そんなとこに隠れとったん？」

「メメメメンダコじゃありませんっ！　それより、ミズノさんを使って僕の手足を拘束するなんて、卑怯じゃないですかっ」

「使うのはミズノさんだけちゃうに？　俺のチ〇コもやに？」

「ひぃぃっ！」

「怖がらんといて、来人。それに、捕獲した獲物を弱らせてから食うのは、自然界では当たり前の方法やし。陸でも、そやろ？　蜘蛛《くも》だって蜘蛛の巣張って、まずは獲物を抵抗できやんようにして、弱らせてから襲うやろ？　俺も一緒」

さらっと恐ろしいことを言われてしまった。神様相手にこんなことを主張するのは恐れ多いが、来人だって一応男だ。弱った体をガツガツやられるのは、本意じゃない。

「でも……あの、神様って哺乳類《ほにゅうるい》ですよね？」

「哺乳類か魚類か鳥類か爬虫類《はちゅうるい》か知らんけど、今日は魚類の気分かな。軟骨魚類は体内受精やで、人間の愛しあい方とほぼ一緒やで安心して」

「海皇様は軟骨魚類なんですか？」

「いや、知らん。知らんけど、そのほうが楽しいやん」

一体なにが楽しいのか、さっぱり意味がわからない。細かいことは宇宙の彼方——と両手を広げて笑顔を振りまく海皇神が、宇宙より遠く感じられる。

「いまの来人の気持ち、人間界ではどう表現するの？」

「……腹を括《くく》る、でしょうか」

自分の返しが的確すぎて、思わずクゥッと下唇を嚙んだ。

「腹を括るか。武士みたいで、かっこええなぁ！　……そしたら来人、腹括って。来人の可愛いメンダコちゃんやイソギンチャくんも、最初は照れて縮こまると思うけど、すぐに気持ちよぉなってキューキュー鳴きだすに」

「イソギンチャくんって、まさか……っ」

ここ、と海皇神にうしろの窪《くぼ》みをタッチされ、恐怖と羞恥《しゅうち》で、来人のイソギンチャクが縮みあがる。来人の股間に指の背を滑らせながら、海皇神が目を細める。

「最初は来人、恥ずかしすぎて泣くかもしれへんな。そやけどその一線を越えたら、あとは歓喜の大号泣や。びっくりするほど恥ずかしい格好させるけど、慣れたら絶対気持ちええに。来人の可愛いメンダコちゃんが墨噴きあげる瞬間、一緒に見よな。……あ、でも来人はそのとき、気持ちよすぎて失神するかもしれへんな。でも大丈夫。恥ずかしいのは最初だけ……」

「羞恥レベルの説明が、三周くらいループしてますっ！」

もう勘弁してくださいーと涙目で訴えたら、顔の前でチッチッと指を左右に振られた。

「こういうのは、ちゃんと最初に説明しとかな。あとでクレームになったら困るやろ？……で、羞恥の第一段階やけど、来人の体がある程度柔らかくなるまで、触手で弄《いじ》り倒さしてもろてええやろか？」

「しょ……っ」

「触手に」

「い……っ」

「弄り倒される」

マジですか……と白目になりかけたら、海皇神が表面だけ申し訳なさそうに……目の奥は爛々《らんらん》と輝いていたぞ……頷いた。それが合図だったのか、無駄に肌触りのいいクラゲたちが、一斉に来人の上で転がりながら愛撫《あいぶ》を再開したから、たまらない！

「まままま、ちょっと待ってくださいーっ！」

乳首に吸いついたミニクラゲを、来人は肘《ひじ》で懸命に払い落としながら訴えた。

「どうして僕ひとりだけ、こんな恥ずかしい目に遭わなきゃならないんですかっ！」

「受胎側やから」

はい？　と来人は訊き返した。またしても、サラッと魚雷を落とされた気がする。

「言われたんやろ？　ゼウちゃんに。子を産め～て」

「は……？」

あれは冗談ですよね？　と確認したら、ゼウちゃんは冗談言わへんよと真顔で返され、一瞬意識が遠のいた。ミニクラゲに乳首をちゅくちゅく吸われる刺激でハッと意識を取り戻すものの、今度は強烈な快感に見舞われて、股間のメンダコが赤く染まった。

「来人はな、俺の子を孕《はら》む運命を天帝から与えられたわけや。それでゼウちゃんが俺らの仲を認めてくれて、来人が神の庇護《ひご》を受けられるんやったら、ええんちゃう？」

「えええええええんちゃう？　ってサラッと言われましても、僕、男ですけど！　そんな能力ありませんけどっ！」

「なかったら、作ったらええだけやん」

「作る……？」

怖々訊くと、フッと海皇神が微笑んだ。

海皇神の羽衣の前が、波を受けてフワリとめくれ、奥から透明のゼリーのような細い管……細いといっても自転車のグリップくらいの太さはある……が、水中を泳ぐ蛇のように、S字を描いて現れた。

ミズノさんに両手足を拘束されて身動きできない来人の、曲げた膝を大きく広げさせられている股間へと、身をくねらせながら近づいてくる。無意識に腰が逃げを打つ。

「作るって、え、あのっ、どどうやって……っ！」

「言うても俺、神様やん？　作り替えるのはお手のものやに？」

「作り……替える？」

　一体なにを、どこを、どうやって……とパニックしかける来人に構わず、海皇神の下腹部から伸びてきた透明のゼリーの管が……この際遠回しな表現はやめて、はっきり言おう。性器だ。ペニスだ。陰茎だ。そのあまりに長い陰茎が、来人に向かって伸びてくる。そして、海皇神が言うところのイソギンチャク……来人の窪みにタッチした。

「あ……っ」

　刹那、腰が跳ねあがった。直後、たちまち力が抜ける。ひんやりしているのに、じわりと熱い。矛盾する感触に戸惑いながらも、心地よさに鼓動が速くなる。弾力を確かめるような動きがくすぐったくて、来人は何度も身を捩った。

「逃げやんといて、来人。楽にして」

「そんなの、無理……──ぁっ」

　来人は目を閉じ、身を固くした。窄《すぼ》まっているはずの来人の中心に、じわり……と液体のようなものが染みこんできたのだ。

　その液体は弾力を伴ってふわりと膨らみ、管状に変化して、窄んだソコを内から広げる。

「来人が弛めてくれへんから、ひとまず液状に変化して、また固体に戻したった」

説明されている間にも、それは太さと力強さを増し、来人の体を開いてゆく。触手に手足を拘束されたまま、準備が整えられてゆくのだ。受胎できる体へと。

来人は仰け反り、あ、あ、あ……と悲鳴をあげた。無意識に逃げようとするも、波打ちながら侵入する触手と、そこから生じる快感によって逃亡を阻まれてしまう。

「気持ちよぉなってきた？　来人」

「…………っ」

キリキリと、限界まで乳首が尖る。指の背でそこを撫でられて、痛いほど前が引きつった。腿《もも》が攣る。足の裏まで電気が走る。いままで体験したことのない強烈な羞恥が、勢いよく背筋を駆け上がる。

「もう、もう、いいですか、僕、もう……っ」

「いいですかもなにも、まだ先っぽ挿れただけやん。これからやに？」

「う……っ」

潜りこんだそれが、少し進むたび身震いするように波を打つ。そのたびに来人は、自分でも聞いたことのないような嬌声《きょうせい》を放ち、身を固くするのだ。そんな来人をリラックスさせたいのか追いつめたいのか、優しい声でそっと問われた。

「俺の子を孕むの、イヤ？」

不安そうに頬を撫でられ、来人は唇を引き結んだ。ダメと言えばダメだし、かといって

ＯＫは言いがたい。いままで女性の役割だとばかり思っていたことを、自分から「やります」と声にするのは、あまりにもハードルが高かった。

でも、それが彼の望みなら。

それが、来人の運命なら。

「腹――括ります」

「ほんとに？　あとで来人、なんでこんなことしたんやーて怒らへん？」

こんな場面でも子供のような質問をする海皇神が、可愛らしすぎて、体どころか心も溶ける。

怒りませんよ……と苦笑した直後。

来人の下腹部に異変が起きた。

ポウッとそこが明るくなり、乳白色に透けはじめたのだ。まるで、ミズクラゲの体のように。

ただし骨格や内臓は見えない。そんなものまで見えていたら、グロテスクすぎて、とっくに気絶しているだろう。

では、なにが視えているかと問われれば、いつの間にか来人の体の奥まで到達していた海皇神の……透明な陰茎だ。

結ばれた体に目を落とし、始まったな、と海皇神が呟いた。なにがですか？　と、喘《あえ》ぎ声を我慢して訊くと、「ヒッポくん状態」と、理解にはほど遠い不可解な説明をされて混乱した。不安を顔に刷いているのであろう来人を見つめ、海皇神がクスクス笑う。

「タツノオトシゴはな、雄が自分の腹の育児嚢《いくじのう》で、卵が稚魚になるまで保護するんさ」

「ということは……？」

「俺の子をキープできる場所、来人の中に作らしてもらうな」

海皇神のペニスの先端が、三叉に割れた。そしてカプッと来人の奥に嚙みついた。

「んふ……っ」

嚙みつかれはしたが、痛くはない。そのまま揺らされ、引っぱられ、「ここに育児嚢、作ろ～」と無邪気に笑われ、目眩《めまい》がした。

「頭の、ツノだけじゃなく……、股間にも、三叉の鉾が……っ」

「余裕やな、来人」

「余裕の裏返しの、パニック状態まっただ中ですっ！」

三叉の性器に嚙みつかれたそこに、海皇神のエキスが注がれる。

「あ、あ、あ……っ」

ミズクラゲのように透けた下腹部に、真珠色の体液が……精子が、満ちてくる。

来人の「育児嚢」に少量ずつ排出されてゆくそれらは、ピルピルと短い尾を振って、奥に向かって泳ぎだす。

クルクル回転している精子もいれば、どこかへ潜ろうとする精子もいる。どくん、どくん、どくん……と何回にも分けて注がれるたび、来人の体も、びくんっ、びくんっと痙攣《けいれん》する。

排出される体液が、来人の性感ポイントを直撃する。だから来人の性器も、自然に形を変えてゆく。

「どう？　来人。よぉなってきたやろ？」

「なって、きました……っ」

「これが繁殖行為や。人間世界でいう、セックスやな」

そんな言葉に慣れていないから、耳元で囁かれるだけで興奮する。

「来人、セックス……好き？」

「き……、嫌いでは、ない……です」

またそんな言い方……と海皇神がクスクス笑い、心地よい刺激で来人を追い詰める。たまらず「勃《た》っちゃう……っ」と口走ると、またしても海皇神に笑われた。「とっくの昔に勃っとるやん」と。

海皇神のペニスが上下に揺れ、さらに精子が注がれる。透けていたはずの来人の下腹部は、もうすっかり真珠色の精子で満ちている。

ミズノさんの触手が、来人の両腕を頭上でひとまとめにする。いやおうなしに胸が強調され、海皇神の両手がそこへ伸びる。

「来人の乳首、可愛い」

「そんなこと、言わなくて、いいです……────アッ」

逃げる間もなく、左右の乳首を抓《つま》まれた。小刻みに扱《しご》かれ、ゆるゆると捻られた連鎖反応で、性器がグンッと反り返り、そして────。

「あ……っ」

先端から、勢いよく体液が迸《ほとばし》った。

「あああああ…………っ」

噴きあげては縮み、腫《は》れあがっては暴発する。我慢したいのに、我慢できない！　海皇神の目の前で、初めての粗相《そそう》が止まらない！

「あっ、あっ、い……いや……っ」

見られていると知りながら射精する、破廉恥な自分がただ恥ずかしく、来人は懸命に首を振って「見ないでください！」と懇願した……のだが。

「いま来人の先っぽから飛びだした子らは、今回ご縁がなかった子」

からかうでもなく冷静に返され、涙目で「はい？」と訊き返した。

「いまな、来人の中に注いだ俺の種が、来人の体の中で着床《ちゃくしょう》できる場所を探しとる最中なんさ。でな、くっつき損ねた子らが、来人の可愛いメンダコちゃんから、射精ていう形

で外へ排出されとるわけ」

「どういう……こと、ですか？　ぅんっ、んんん……っ」

質問している間にも、来人の性器からドクッと体液が吐きだされる。出すたびに痺れるような快感を伴うから、一向に勃起《ぼっき》が治まらない。

「すみません、意味が……わかりません……っ」

「そやからな、俺が来人に精子を注ぐやろ？　みな受精できるわけと違うで、余分な精子が溜まるやろ？　溜まったままやと来人の育児嚢が破裂してしまうやろ？　それを調節するために、射精ていう形で来人がセルフで外へ出すわけや。そしてまた、俺がそこへ射精する。いま、それを延々と繰り返しとるわけや」

「あの……っ」

「ん？」

「終わりは、いつ、です……か」

ゴールが見えません……と半べそをかきながら訴えると、「あるような、ないような」と海皇神が首を傾げた。えぇーっ！　と抗議しても、ごめんな～と笑うばかりだ。

「人間は、気持ちよぉなるためだけにセックスできる生き物かもしれへんけど、自然界は繁殖が最大の目的なんさ。そこは成功するまで性交せな。なんちゃって」

あなた本当に神様ですか……と念のために確かめたら、神様ですよと胸を張られた。

「これ以上注入されたら、僕の体が保《も》ちませんへっ」

「そやな。下腹部がパンパンに張っとるな。来人の可愛らしいメンダコちゃんだけでは、排出が間に合わへんな。そしたら、別の蛇口も開けたろか」

言うやいなや、きゅーっと乳首を引っぱられた。

「んぁあ――――――――――――！」

びっくりするほど乳首が伸び……といっても数センチだが……、固くしこったと思うが早いか、突如、体液を噴きあげた。

「あつ、あぁんっ、あーっ！」

まるで搾乳《さくにゅう》するかのように、弾みをつけて交互に強く引っぱられるたび、真珠色の体液が噴水のように孤を描いた。

放つたび、胸の奥がゾクゾクして、脇腹まで痙攣した。連鎖反応で下も漲《みなぎ》り、うしろは縮み、海皇神のペニスを締めつけながら、三点同時に射精した。

「頑張って、来人。もっと気持ちよぉなって。もっと俺を……締めつけて」

うっとりした声で海皇神が囁いている。気持ちいいのだ、彼も。来人のように感じているのだ。この不思議な性行為を……繁殖行為を、心から喜んでいるのだ。

「来人、来人……っ」

「ぁあ、ぁっ、あ……――――――！」

みるみるうちに、来人の体が変化する。全身が水のように透きとおり、虹のような光を帯び、いまだけ海の生き物になる。キラキラ光る海皇神の精液が、どのようなルートを辿って来人の体に広がるのか、目でもしっかり確認できる。指先まで光が行き渡り、まるで点滅するクラゲのようだ。

幽閉覚悟で来人の命を救ってくれた、海皇神。愛しい彼の命を宿し、育てるための変化なら、喜んで受け入れよう――。心の底から歓迎している自分に、自然に涙がこみあげる。

経験したことのない性的快感が、全身を駆け巡る。耐えきれない疼きに、ついに来人はしゃくりあげた。泣かんといて……と海皇神が焦燥する。

「つらい？　来人。どうしたらええ？　人間みたいなセックスがええ？　俺のペニス、長すぎて来人には痛いやろか？　そしたら人間のサイズに縮めてみよか？　腰と腰を密着させる挿入のほうが、楽やろか？」

わかりません、と来人は泣いた。経験がないのだから、なにがいいとか、どれが楽だとか、知るはずもない。

「どう？　来人。こっちのほうがええ？」

長い管状の性器を人間サイズに修正して腰をつかまれ、抉《えぐ》られた。これはこれで密着度が激しいうえに、ズクズクと素早く出し入れされてしまうから、猛烈に耐えがたい。

「ぁぁんっ、あんっ、あっ」

「来人、教えて。どうすると気持ちええの？」

「前、を……っ」

「前を、なに？　前を扱いたほうがええ？　乳首やケツより、前がええの？」

涙を散らしながら頷いた。なぜなら、来人はそれしか知らない。いままで前しか弄ったことがない。お尻と乳首を弄られるのがこんなにも気持ちいいと知っていたら……知っていたら……もう少しなにか違った要求を出せたかもしれないけれど。

「そしたら、体は人間でやってみよか？」

「ひ……っ！」

知識としてしか知らないけれど、そこからは完全に、人間同士のセックスだった。

羽衣を脱いだ海皇神が、来人の上に身を重ねる。鱗が綺麗で、無意識に指先で追ってしまう。でもこの鱗は、来人の肌とぴったり密着するころには、人間と同じなめらかな皮膚に変化していた。

「あ……っ」

ドキン――――と、心臓が跳ねた。

海皇神の強い手に尻をつかまれ、腰をぐいっと掬われて、彼の性器が中で動いた。

来人の中に、温かいものが放たれる。疼きながら、来人も同時に喜びを放つ。

「どう？　気持ちええ？」

「気持ち……いい、です」

「これやったら、ええ？　来人。

「もう泣きやんでくれる？」

「泣きやみます……」

よかったと微笑み、海皇神が来人の背に腕を回し、グッと強く抱きしめる。

ミズノさんによる手足の拘束は、いつの間にか解けていた。来人は激しく穿《うが》たれ、雄々しい力で突きあげられながら、海皇神の首にしがみついた。

結ばれている部分を意識しながらキスを交わし、口の中で舌を泳がせ、無限に放たれる精液を浴びては、また噴きあげた。自然に溢れる嬌声は、追ってくる海皇神の唇に、ことごとく飲みこまれた。

浮力を利用して俯《うつぶ》せにされた。足場が柔らかすぎて膝立ちになれない来人を手伝って、ミズノさんが来人の腰を持ちあげ、支えてくれる。

ぬるり……と抜けた海皇神のペニスが、再び来人に潜りこむ。上下左右に波打つようにして、奥へ奥へと侵入する。

背後から抱かれたまま前を握られ、胸を嬲《なぶ》られ、来人は体液を放出した。その反動と余韻に身震いするうなじでは、海皇神の舌が這い回っている。

互いを愛《め》であう心地よさに、何度も熱い吐息が漏れる。……と、来人の性器と左右の乳首から、とろり……と精液が糸を引いた。乳白色のその糸は水に広がり、水の一部となって溶け、消えた。体液だけではない。来人自身もまた、水の世界と同化してゆく。

「海皇様……」

「ん？」

「もう、あなたなしでは息も継げません」

うまいこと言うたな……と微笑む海皇神が、力強い腕で来人の腰を引き寄せる。ゆるやかだった行き来が、次第に激しさを増してくる。

来人、来人、来人……──連呼されても、返事は無理だ。

呼吸が乱れ、声にならず、頭の中が空っぽになってしまったから。


奥に、彼が広がった。

さっきから延々と満たされているけれど、それとはどこか違うと感じた。

体の一番深いところで、ポッと熱が灯ったのがわかった。

「あ……」

「どうした？　来人」

顔を覗きこまれ、来人は愛する海皇神を肩越しに見て目を細めた。

「いま、宿ったみたいです」

「………え？」

目を見開かれ、来人は微笑んで頷いた。

「孕んじゃいました、僕」

「懐妊？　マジか！　でかした、来人ッ！」

うおぉー！　と叫び、海皇神が喜びを爆発させる。来人を抱きしめて浮上し、水中でくるくる回転する。来人は愛しい海皇神の首に両腕を巻きつけ、唇を合わせた。

一度離してもまた口づけ、穿たれながら腰を振り、噛みつくように貪《むさぼ》りあった。

「なんでわかった？　ていうか、わかった瞬間、どんな感じやった？　痛かった？」

興奮気味に訊かれ、「痛くはないです。火が灯ったみたいな感じでした」と、体感を伝えるそばから、嬉しさのあまり口元が弛む。

「いまどんな感じ？　来人。気持ち悪ない？　体、重ない？」

矢継ぎ早に質問され、来人は噴きだしながら首を横に振った。

「まだよくわかりません。でも、楽しみがひとつ増えましたね」

「そやな。楽しみ増えたな」

互いに額を押しつけて、突きだした唇をちゅっとくっつけ、フフッと笑った。海皇神のハグやキスは、いままで来人が知らなかった世界の扉を次々に開けてくれるから、楽しくてたまらない。

「産まれるまで、どのくらいかかるんでしょうね」

「どやろな。天界の女神たちに孕ませたことはあっても、人間を孕ませるのは初めてのことやで、未知の世界や」

へらへらっと言われたから、来人もへらへらっと笑って、「女神に手を出したことがあるんですね。で、そのお子様たちは、いまどちらに？」と薄目で訊いたら、海皇神がギョッと目を剝いて顎を引いた。

「そんな何百年も昔のことで責めやんといて！　それにもう、みんな自立しとるし！」

二十年前から俺の心は来人一色やもん……と下唇を突きだして告白され、「わかってますよ」と笑顔で無罪放免にした。神の掟に背いてまでも来人を助けてくれた彼を、本気で疑うはずもないし、身も心もひとつになったいま、心の底から信頼している。

「栄養摂《と》って大事にしてな、来人。ここやったら海と違て外敵もおらんし、安心して出産できるに」

「はい……。って、なんだかもう、すごく恥ずかしいです」

火照って仕方のない頰を両手で押さえたら、「照れる来人、めっちゃ可愛い」と羞恥に追い打ちをかけられてしまった。

海のように深くて青い瞳に見つめられるだけで、胸がときめく。真珠のように滑らかな指先が頰を滑るだけで、鼓動が駆け足になる。海皇の子を宿した来人を祝うかのように、小さな可愛いクラゲたちが、周囲でポンポンと祝砲のように跳ねている。

「来人にな、ひとつお願いがあるんさ」

「はい、なんですか？　次の命のおねだりでしたら、まずは初回の出産を無事に終えてから……」

それもおねだりしたいけど……と優しく眉を下げた海皇神が、「今度、竜宮城のジオラマ作ってくれへん？」と揉み手をしながら首を傾けた。

プラモデル好きの心をくすぐるおねだりをされて、生殖活動の申し出と同じくらいワクワクしたことは、内緒だ。

■■■

三重県伊勢市の神宮の、内宮さんから外宮さんへテクテク歩いて一時間……より、もう少し足を伸ばした先に、山がありました。

訪れる人も少なく、ひときわ静かで目立たず、誰も足を踏み入れたことのない、大きな丘のような小さな山です。

ある日ひとりの旅人が、その大きな丘のような小さな山に迷い込みました。歩き疲れて空腹です。せめて木の実はないものかと、持っていた斧《おの》で枝を振り払ったら、さあ大変！

手が滑り、斧はポチャンと沼の中へ落ちてしまいました。

慌てて沼を覗きこむと、なんと魚が泳いでいます。亀もいます。海老や蟹も、烏賊《いか》もいます。旅人は魚たちを手でつかみ、その場でパクパク食べました。

山から下りてきた旅人の話に、村人たちは興味津々。自分たちも海鮮料理にありつこうと、一斉に山へ踏み入りました。乱暴に木を切り倒し、枝という枝を打ち払い、山頂の沼に辿りつくと、持ってきた斧を全部沼の中へ放りこみました。

すると突然雨雲が立ちこめ、あたりが真っ暗になりました。雷が轟き、風が吹き荒れ、まるで嵐《あらし》です。そして村人たちは、上空を仰ぎ見て震えました。

なんと、山より大きい鋼色の龍が蜷局《とぐろ》を巻きながら放電し、村人たちを睨みおろしていたのです。怒っているのは一目瞭然《いちもくりょうぜん》！

『海皇の許可なく、沼に斧を投げ入れたのはお前たちか！』

海皇の使い・龍王の怒りに触れた村人たちは、龍の鼻息で吹き飛ばされ、命からがら転がるように、先を競って逃げ帰りました。そして龍王が再び暴れないよう鳥居を立て、毎年新しい斧を宝殿に捧げ、新鮮な供物と祈りを欠かさず、未来永劫《えいごう》この山には足を踏み入れませんと誓いました。

『……と、古くから伝わる由緒正しき御神体山《ごしんたいさん》、山田山《やまだやま》。海皇神社でございます』

一日五回で一回五分。海皇神社解説アニメの第三回目上映が、いま終了した。面白かったーと、お客様から拍手が起こる。日和不動産の事務員・美和さんが何枚もイラストを起こし、それを角崎さんが編集して動画にしてくれたのだが、なかなかの出来だ。

無料サービスのお茶の紙コップをゴミ入れに戻し、早速三人連れの観光客が土産物コーナーへやってきた。

「あの、店員さん。この海皇神社って、伊勢神宮にも負けないパワースポットって聞いたんですけど、本当ですか？」

「えー、正直に言うと、伊勢神宮には勝てません。なにせ、海皇様と龍王を山田山に閉じ込めているのが、かの天照大御神様ですので」

ＯＬと思《おぼ》しき彼女たちに、九割の笑顔と一割の後ろめたさで解説しているのは、日和不動産三重県支社長、水上来人。この秋の行楽シーズンに入るタイミングで、正式に三重県への出向が決まったのだ。出向といっても、ここで不動産業を営むのではなく、海皇神社公認カフェの管理運営責任者という、新たに設けられた役職だ。

町長が建てた鳥居の手前に、拝殿《はいでん》と賽銭《さいせん》箱を設置したのは、日和不動産の山岡社長。商魂逞しい山岡社長は、「水上専用のオフィスを作ってやる」と、上手に来人をダシにして、その並びにちょっと広めの「海皇ショップ」をおまけで建てたというわけだ。

働ける場所があるのは嬉しい。それも、愛する海皇神の住まいである神体山の麓となれば、これ以上ない環境だ。

「海皇様って、アニメで見ると、すごくかっこいいですよね、本物も、あんなふうなのかな」

「本物は、肉眼で拝見するのも恐れ多いほどの美形ですよ」

「店員さん、見たことあるみたいな言い方～」

……毎日見ておりますので、と、喉《のど》まで出かかったセリフを笑顔で飲みこむ。

「店員さん、この龍のチャーム見せてください」

「はい、こちらは、龍のお腹の部分をパカッと開くと、中からタツノオトシゴが生まれるんですよ。ちなみに尻尾でぶら下がっているので、落ちません」

パカッと開けて見せてやると、「おもしろーい！」とコロコロ笑い、「友達の出産予定日が近いから、安産のお守りにします」と、ふたつ買ってくれた。

「じゃあ私は、海皇様の斧ペンにしようかな」

「金の斧、銀の斧、赤い柄《え》の斧、どれがいいですか？　金は商売繁盛、銀は合格祈願、赤い柄の斧は、無病息災。それぞれ意味が異なって、どれも結構捨てがたいです」

「弟が受験生なんですよね……」

「じゃあ、銀の斧をお勧めします。このペンで勉強してください」

「そうします。あと、ミズノさんの水まんじゅう六個入りと、クリオネちゃんグミをひとつずつください」

ありがとうございますと微笑んで、来人は慣れた手つきでレジを打った。一日に何十人も訪れるから、販売業務は手慣れたものだ。

海皇印のレジ袋には、マッチョな半魚人のイラストが描かれている。有名コーヒーチェーン店のロゴマークにちょっと似ている。パクったな美和さん……とは口が裂けても言わない。本業とは異なる業務でも、こうして協力してくれる日和不動産の仲間たちには、感謝ばかりだ。

角崎さんはといえば、「三重県がお前を呼んでいるぞ！」と、来人の出向に大賛成だった。「もう部屋を行き来できませんね」と寂しげに伝えても、「俺のことは気にするな！胸を張って行ってこい。応援する！」と、なにやら追い出し感が拭えない。やはり同じマンションでの行き来は、関係が密になりすぎて負担だったのだろうか。

「冬になったら店頭で、タコ焼き、エビ焼き、イカ焼きの屋台も出ますから、また足を伸ばしてくださいね。ちなみにタコ焼きは、タコ墨入りで真っ黒ですよ」

「えー、ほんとですか？　楽しみすぎる〜！」

「絶対に、また来ますね！」

「はい、ぜひまた！　ありがとうございました！　……あ、いらっしゃいませっ！」

ひと組見送れば、またひと組。平日週末一切問わず、外宮から流れてきたウォーキング客が、次々に「海皇神社」へ参拝に訪れてくれる。

山田さん所有の山だから、山田山と名付けられたこの山は、例の太陽光発電基地設置が白紙撤回されたあと、「御神体」として正式認定された。

きっかけは、来人が山田さんに、次のような揺さぶりをかけたからだ。

「社《やしろ》っていうのは内宮外宮で見られるように、普通は拝殿のうしろに正殿《しょうでん》があって、御神体が奉られているとは思いますが、山の麓に鳥居を立てて、山自体を神がかりな存在……いわゆる御神体にしているところは国内にいくつもあります。山田山を御神体として申請し、正式に認められれば、税金対策になりますよ」……と。

山田さんは、これにあっさり食いついた。もともと、是が非でも太陽光に……と拘《こだわ》っていたわけではない。損さえ発生しなければなんでもOKと、じつに緩い。

そもそも、海皇神の怒りを買って痛い目に遭った斉藤さん以下作業員の皆々様が、山田山で遭遇した怪奇現象を、「えらい目に遭《お》うた！」と、会う人ごとにしゃべっていたから話は早い。ファンタジーとは縁のなさそうな斉藤さんが、「あの山には龍を操る神様がいる」と真っ青な顔で繰り返し、「山田さんとこの山は普通じゃない」と吹聴してしまったものだから、ますます買い手がつかなくなったというわけだ。

そして、もうひとつ。実際その時間に伊勢市内が晴れ渡っていたにもかかわらず、山田山の上空だけが黒雲に覆われ、雷が発生し、「マグロやカツオみたいな鉛色の、巨大な龍を見た」という目撃証言が、いくつも上がったのだ。

そのときの悪天候は、ＳＮＳで一瞬にして拡散された。龍が写っていると信じる人もいれば、気流の流れだと否定する人もいる。だが、「これは龍だ」と信じ、ＳＮＳに拡散したのが町長とくれば、「龍は我が町の守り神。よって、山田山を御神体に」という来人の提案に、みんなあっさり飛びついてくれた。

よって来人の勧める日和不動産は、山田山の特別管理会社として、晴れて町から正式認定されたのだった。


神が棲む国・伊勢の国。近ごろ人気の海皇神社。

売れ筋ナンバーワンは、蛸《たこ》ボール。蛸の擂《す》り身をカラッと上げたのを三つ、串《くし》に刺したファストフードだ。来人が海皇神にもてなしてもらったメンダコの三段串団子から得たアイデアだが、これが外宮からのハイキング客に、爆発的にヒットした。

次いで、ガシャポン。出てくるのは小さなフィギュアだ。企画したのは来人。プラモデル関係のルートで、フィギュアの原型を作ってもらった。

ガシャポンの機械に三百円を入れて、レバーをクルッと回して出てくるのは、ヒッポくん・タツノオトシゴバージョン。ヒッポくん・龍王バージョン。

続いて巨大クラゲのミズノさん、オニダルマ組の組長さん、バッカルコーンのクリオネさん、団子にされたメンダコちゃん、屋根に斧が突き刺さった竜宮城、ゼウス&エンジェル隊長。

そして誰もが狙う、海皇神・白真珠バージョンと、海皇神・黒真珠バージョン。本物のアコヤ貝を埋めこんだのが人気を呼び、ダブル海皇神が揃うまでレバーを回し続けるマニアもいる。

来人は毎日山を下り、朝八時から夕方五時までこの館内で勤務している。たまに偵察にやってくる着流しマッチョと色白の和服美人は、じつはゼウスと天照大御神様だ。美形神様同士のツーショットがSNSで拡散された翌日などは、観光客がわんさと押し寄せる。

これ以上の御利益はない。というより贅沢すぎて、御利益が過ぎる。

さらに驚くべきは「海皇様へお供えです」と、毎日のように町民が入れ替わりで弁当を届けてくれるのだ。「夢枕に立つのよ、神様が」と全員が困惑顔で言うからには、本当に町民の枕元に立って、「明日は、あれとこれ差し入れてなー」などと、おねだりしているのだろう。当人に確かめても「知らんなぁ」と嘯《うそぶ》く一方だが。

ちなみにここ数日の海皇様のお気に入りは、伊勢の名物「てこね寿司」だ。赤みの刺身をタレに漬けて酢飯に載せ、大葉や海苔《のり》を散らせた丼飯だが、漬け丼とどこか違うのか、いまひとつ理解に苦しむ。

とまぁ、そんなこんなで本家本元・伊勢の神宮にはもちろん遠く及ばないものの、そこそこの賑《にぎ》わいを見せている。

今日も一日の労働が終わる。

パートさんたちに「お疲れ様でした」と頭を下げ、試食用に開封したお菓子を包んで持たせ、また明日～と見送った。

来人は路面の幟《のぼり》を畳み、ショップのシャッターを降ろした。店の売り上げを役場のＡＴＭに全部入金したら、来人の一日の仕事は終わりだ。

鳥居から奥は立入禁止だが、来人はいつものように山田山を登る。車道から見えないところまでくれば、甲羅にＴＡＸＩとペイントされた巨大ミドリガメのお岩さんが待機しているから楽ちんだ。

大きな甲羅に揺られて山頂に到着すれば、「お帰り～！」と手を振って、海皇神が迎えてくれる。

「ただいま戻りましたっ！」

お岩さんから飛び降り、両手を広げて駆けよって、沼の真上にジャンプした。水面に浮遊して来人の帰りを待ち侘《わ》びていた海皇神が、軽々と来人をキャッチする。ミニクラゲたちも水から一斉にジャンプして、飛沫《しぶき》であちこちに虹を描く。

「も～、来人の暴れん坊っ。ジャンプしたら、お腹の子がびっくりするやん～」

「すみません。でも、あなたの顔を見たら……」

　恋しくて、と本音を言ったら、ちゅっと唇にキスしてくれた。

「今日もお疲れさんやったな。ゆっくり休んでな、来人」

「全然疲れてないですよ。今日も、とっても楽しかったです！」

「勤勉やなぁ、人間は。来人が特別勤勉なんかな。足、怠《だる》ない？　あとでゆっくり肩も腰も揉んだるでな。あと、どこ揉んでほしい？　乳首？　それとも先にチン……」

「スキンシップはあとにして、先に早めのご飯にしませんか？」

　恥ずかしい言葉を遮ると、「そしたら急ご！」と、水中ではなく陸側に降ろされた。

「ん？　どうしたんですか？　竜宮城へ帰るんですよね？」

「じつはな、さっきゼウちゃんとこのエンジェル隊長が来てな、山頂付近やったら散歩してもええでーて許可してくれたんさ」

　えっ！　と来人は目を見開いた。ということは……と来人が訊くと、ということなんさと、海皇神が嬉しそうに目尻を下げた。そりゃ嬉しいだろう。二十年ぶりに大地に立つ許しを得たのだから！

「っていうことは、この山頂にガーデンテーブルを置いてランチしたり、一緒に柿狩りや紅葉《もみじ》狩りを楽しんだり、どんぐりや栗を拾ったりできるってことですねっ」

「そうそう！　猪らが走り回っとったら、パァンッ！　て撃って丸焼きにしたり、鳥撃ち落として焼き鳥とかもできるんさ」

交《まじ》わっているのか平行線なのかよくわからない会話でも、弾めば楽しい。行動範囲が広がりましたね！　と二十年の務めを労《ねぎら》い、手に手を取って「せぇのっ」と大地に向かってジャンプした。

おめでとうございまーすとハイタッチして大喜びしていたら、お岩さんが太い手足を甲羅に引っ込めて岩に擬態し、「テーブルにどうぞ」と背中を貸してくれた。

すると蓮《はす》の葉が伸びてきて、「お座りください」と椅子になる。お言葉に甘えて腰を下ろせば、沼から小魚が飛びあがり、そこへ野鳥が狙いを定めて卵を落とせば、魚のユッケの完成だ。

伊勢海老の女将《おかみ》さんが、炊きたての白飯を運んできてくれた。目の前で握ってくれるのは三角おむすび。大きな海苔を巻いて「どうぞ」と渡され、来人と海皇神は「いただきまーす」と声を揃え、ふぅふぅしながら頬張った。

「んー！　伊勢海老の出汁《だし》が移って、美味しいです！」

「来人は偉いなぁ。干し海老て絶対言わんもんな」

デリカシーのない海皇神を「こらっ！」と叱ったその横では、女将さんが袖で目元を拭っている。海老でも一応女性なのだから「乾いた・干した」は禁句にしたい。

続いて沼から伸びてきたのは、蛸の足が二本。先端で器用に湯呑みをつかみ、亀の甲羅の上に置いてくれた。この香りは、昆布茶だ。

「……なんだか、贅沢ですね」

「来人が傍におってくれることが、俺には一番の贅沢やけどな」

照れちゃいますよと返しながら、僕もですと小声で添えた。

「満たされてる……って、こういうことを言うのでしょうか」

「そうかもしれへんな」

木々の葉音に耳を傾け、いただいた手こね寿司を広げる手元では、柔らかな木漏れ日が揺れている。

明日もいい日になりますように、この世が平和でありますようにと、気づけばいつも微笑んでいる。

「今日のおばちゃんのガリ、よぉ漬かっとって甘くて美味しいなぁ。次から毎回、この甘ガリおばちゃんの枕元に立と〜」

目尻を下げてニコニコするのが可愛らしい。甘ガリおばちゃんには大迷惑だろうが、海皇神が甘いガリに飽きるまで、しばらく我慢してもらおう。

「あ、そうだ。今日もゼウスさんと天照大御神様が、様子を見にきてくれましたよ」

「それはな、様子見にかこつけたデートやに。ゼウちゃんな、アマテラスちゃんのこと、昔から大好きやもん」

「え、そうだったんですか？」

てこね寿司をもぐもぐしながら、海皇神が大きく頷く。

「じつはゼウちゃんはな、アマテラスちゃんに横恋慕なんさ。惚れとる女性の前でええ格好するために俺を処分したものの、じつはゼウちゃん、お兄ちゃんっ子で、俺のことが大好きなんさ。ハデスのことは嫌っとるけど」

どうリアクションすればいいのかわからないときは、へぇ～と相槌《あいづち》を返しておく。

「それでな、内緒の話を暴露するとな、この山の持ち主が初めて来人の会社に訪れたとき、来人んとこの事務員さんの家の水道管を破裂させたん、たぶんゼウちゃん」

「水道管の破裂って……あの、社長もツノさんも留守で、いつもいるはずの美和さんまでなぜかいなくて、僕がひとりで山田さんの担当をするしかなかった、あのときの？」

そう、と頷かれ、偶然じゃなくて故意だったのか……と呆れた。「ゼウスは神の世界と人間界、両方の守護神であり、支配神やもん」という理由には、よくわからないまま頷いておいた。

「じゃあ、僕が初めて日和不動産に訪れた日の雨も、そうだったのかな……」

この二十年ぶりの再会は、天帝に仕組まれたものだったのだ。そりゃ逆らえるはずがない。逆らうつもりもないけれど。それどころか感謝しているけれど。

「人の運命を左右したとして海皇様を二十年も幽閉しておきながら、自分が手を下すのはいいわけですか、そうですか。恐るべし、天帝。フリーWi-Fi並みに権力使い放題」

「そこは気づいたらあかんとこ。でな、やっと来人と再会できてハッピーエンド……て思たら、一回来人、東京へ帰ってしもたやろ？　俺に同情して来人に嫌がらせしたのも、みなゼウちゃん」

「さすがは兄弟。発想が一緒ですね」

　でも……と、来人は笑みを漏らし、肩を竦めた。

「愛されているんですね、ゼウスさんに」

　海皇神を撫で撫でしたら、鰓がパタパタと楽しげに動いた。そして「ごちそうさま」と両手を合わせ、成仏した美味しい命たちのために念仏を唱えてから、来人のお腹にそっと手を置いてくれた。

「仕事、続けてて大丈夫なん？」

「大丈夫ですよ。お腹も全然出てきていないし。もしものときはゼウスさんと天照大御神様が、レジに立つって言ってくれましたし」

「なんちゅー豪華な店員さんや。買《こ》うたもん手渡されるたび、お客さんら御利益バリバリやな。あ、もしものときは俺も店に立つで、遠慮なく言うてな」

　ははは……と来人は笑った。店をめちゃくちゃにされそうで、それはちょっと言えない。

「ゼウスさんは、天照大御神様の言うことなら絶対ですね」

「ベタ惚れやもん。俺みたいに」

ん、と顔を突きだされたから、苦笑したままチュッとキスした。その唇を、はぐはぐはぐ……と真似をされ、くすぐったくて、また笑う。

「ややこ産まれたら、名前つけよな」

「卵でしたっけ。何個くらい産まれるんだろう」

「百個は下らんやろな」

「百個！　イクラ並みですね。それ全部、名前つけるんですか？」

「んー、一個かもしれへん。これぱっかりは俺にもわからん。そやけど、もし百個やったら、名前考えるだけで日ィ暮れるな。楽しいなぁ」

声を弾ませる海皇神に、来人の目尻も思わず下がる。あなたとなら、どんなことも楽しいです、と。楽しみで仕方ありませんよと心が躍る。

「ポッちゃん、セッちゃん、イッちゃん、ドンちゃん……」

「ポセイドン、やな？　そしたら俺も来人の名前で、ラッちゃん、イッちゃん、トッちゃん……あ、イッちゃん重なってしもた！　一号とか二号とかにする？」

「ゼウスさんやハデスさんの名前もいただいて、足りなくなったらそうしましょう」

「ハデスはやめとこ。あいつは冥界やで縁起悪いわ」

「ご長男なのに、そんな扱い……」

「あとは誰がええかなー。カイオウシンも入れとく？　カッちゃん、イッちゃん……あー、またイッちゃんがかぶった～」

トランプのカードでも引いているかのように楽しげで、そんな海皇神を見ているだけで心が和む。楽しいなぁ……と笑みが零れる。

「あと、天照大御神様さまのご芳名もいただきましょうか。……あ、でもそうすると、ゼウスさんが養子に欲しがるかもしれませんね」

「絶対やらん」

即答されて、爆笑した。早くも子煩悩全開だ。

これからどんな暮らしが待っているのか、楽しみでたまらない。

来人は山の木々たちを眺めてから、高い空を振り仰いだ。鋼色に光っているのは飛行機かと思いきや、くねくねと曲線を描きはじめる。龍王バージョンのヒッポくんだ。天気がいいから我慢できずに沼から飛びだし、空を泳いでいるらしい。

ゼウスの使いのエンジェル隊長に見つかったら、叱られるだろうか。もしくは町の人たちに目撃されて、「雲だ」「いや、龍だ」と、またしても賑やかな議論を巻き起こすのだろうか。

それもまた、楽しい。賑やかな世界、大歓迎だ。

「世界って、こんなに広かったんですね」

空に視線を飛ばすと、海皇神が来人のお腹にそっと手を置き、微笑んだ。

「広くしてくれたのは、来人やに」

ありがとな……とお腹を撫でてくれる海皇神の手に、来人はそっと手を重ねた。

そして、美しい鱗で光り輝く海皇神の手の甲をトントンと指で叩きながら、「ゼッちゃん、ウッちゃん、スッちゃん……」と、命名候補を挙げるのだった。

おわり

あとがき

ラルーナ文庫様では初めまして、綺月陣と申します。ソフトなファンタジーを書いたのは初めてで、緊張しております。そこで小山田あみ先生のお力を拝借♪　筋肉ゼウスと美麗な海皇神（来人もね♪）のイラストで萌を高めてから、物語へとお進みください。

長くお世話になったレーベル様が、昨年休刊しました。その後、他社へプロットを提出しても却下の連発。先が見えず、ついに廃業かと諦めかけたとき、なんと日向唯稀先生がラルーナ文庫様とのご縁を繋いでくださいました！　縁結びの神様・日向先生。ありがとうございます。心配をおかけしたGのT様や友人作家様にも、心より御礼申し上げます。

読者の皆様。今作はいかがでしたか？　できれば次に繋がるような感想など、お寄せいただければ幸いです。皆様のお力をお貸しください。応援よろしくお願いします！

手にとってくださった皆様へ、感謝をこめて

綺月陣　拝

ラルーナ文庫

この本を読んでのご意見・ご感想・ファンレターなどお待ちしております。〒111-0036 東京都台東区松が谷1-4-6-303 株式会社シーラボ「ラルーナ文庫編集部」気付でお送りください。

本作品は書き下ろしです。

沼《ぬま》の竜宮城《りゅうぐうじょう》で、海皇様《かいおうさま》がお待《ま》ちかね

2020年9月7日 第1刷発行

著　　　者｜綺月《きづき》陣《じん》
装丁・DTP｜萩原 七唱
発　行　人｜曺 仁警
発　行　所｜株式会社 シーラボ
〒111-0036 東京都台東区松が谷1-4-6-303
電話 03-5830-3474／FAX 03-5830-3574
http://lalunabunko.com
発　売　元｜株式会社 三交社（共同出版社・流通責任出版社）
〒110-0016 東京都台東区台東4-20-9 大仙柴田ビル2階
電話 03-5826-4424／FAX 03-5826-4425
印刷・製本｜中央精版印刷株式会社

 ISBN978-4-8155-3244-4